俺の日常は今までとそう変わっていない。
ただひとつ、変化はあった。

illustration by TOMO KUNISAWA

枯《か》れ木《き》に花《はな》は咲《さ》き誇《ほこ》る

愁堂れな
RENA SHUHDOH

イラスト
國沢 智
TOMO KUNISAWA

Lovers Label

CONTENTS

1

「史郎《しろう》……っ……ここ、どう……っ？」

「あっ……ん……っ……んん……っ？」

「いい？　いいよね？　だって今、すごい締《し》まったもん……っ」

興奮《こうふん》し上擦《うわず》った男の声が、頭の上で響《ひび》く。

「感じてる……？　感じてるよね……っ？」

AVの撮影かよと突っ込みを入れたいところだが、状況《じょうきょう》が状況だけにそれどころじゃない。というのもまさに俺はその声の主に――北原誠人《きたはらまこと》に文字通り『突っ込まれている』最中なのだった。

北原が『ここ、どう？』と問うている『ここ』とは、綺麗《きれい》な顔にはそぐわない彼のぶっとい雄の先端《せんたん》が当たる場所で、このところ、行為のたびに彼はどの角度、どの場所を突き上げれば俺が一番感じるかを、こうして確認するのである。

三十五年の人生の中で、男に抱かれた経験は、三ヶ月ほど前にこの北原と出会うまで皆無《かいむ》だった。そもそも俺はゲイじゃない。

なのになぜ、今、北原に両脚を抱えられ、『ここ、どう?』だの『感じる?』だの問われながら、がんがん突き上げられているかというと、それにはまあ、いろいろと事情があるのだが、ともあれ、この三ヶ月間、さすが二十一歳という若さゆえ精力絶倫《せいりょくぜつりん》の北原に毎夜のごとく求められるうちに、未知なる世界だった男同士のセックスにもようやく馴染《なじ》んできた。

それを北原は待っていたとのことで、更にワンステップ、快楽《かいらく》の階段を共に上がるべく、最近はこうして行為の最中試行錯誤《しこうさくご》し始めたのだ。

「いく……っ? ねえ、いく……っ?」

問われたところで、こっちはそれどころじゃない状態で、返事なんてできるわけがない。

早い話、今にも達しそうなほどに昂《たか》まっている俺は、それでも己《おのれ》の鼓動《こどう》の向こうに微《かす》かに聞こえる北原の声に、コクコクと首を縦に振り、もういきそうだ、と伝えた。

いきそう、というより、いかせてほしいという希望を伝えたかったのだが、北原は自分の『試行錯誤』が成功したことに有頂天《うちょうてん》になり、俺の希望には気づかなかったようだ。

「やったね……っ……俺も……っ……俺も最高に、きもち、いーっ!」

いかにも嬉《うれ》しくてたまらないというように歓声《かんせい》を上げ、ますます激しく、そして力強く、今彼が見つけたばかりの俺の『快感《かいかん》スポット』を突き上げてくる。

「もう……っ……あぁ……っ……もう……っ」

限界だ、と悲鳴を上げたが、その声もまた北原の耳には届かなかった。

「もっと……っ……もっと、よくしてあげるから……っ」

任せて、とそれは爽《さわ》やかに笑ったかと思うと、さらに突き上げの速度を上げ、あまりの激しさに俺はたまらず意識を手放して――早い話が『失神』してしまったのだった。


「史郎、大丈夫？」

目を覚ましたときには額《ひたい》にタオルが載せられ、北原が心配そうに俺を見下ろしていた。

「……大丈夫……じゃない」

「ごめんごめん、つい、調子に乗っちゃった」

ぺろ、と舌を出し、可愛く北原が詫《わ》びる。

普通、『大丈夫？』と問われたら、たとえ大丈夫といえるような状態でなくても、社交辞令《しゃこうじれい》で『大丈夫』と答える、俺はそんな気遣いのできる典型的な日本人の一人だ。

だが北原に対しては、社交辞令や遠慮《えんりょ》をすることはあまりない。その理由の一つは十四歳も俺が年上だからだが、何より彼と出会ったときの自分があまりにカッコ悪かったため、今更《いまさら》遠慮や建前を取《と》り繕《つくろ》うのも馬鹿馬鹿しくなってしまったのだった。

北原は慶大の三年生で、今、絶賛《ぜっさん》就職活動中である。彼と俺が出会った場は都内の高級ホテルで、俺は会社の部下だった西崎美鈴《にしざきみれい》の結婚式《けっこんしき》に参列していた。

この美鈴という女は、可愛い顔をしてやることは非常にえげつなく、俺は彼女にさんざん貢《みつ》がされた挙《あ》げ句《く》に「私たち別に付き合ってなんていませんでしたよね?」とふられてしまっていた。

披露宴会場《ひろうえんかいじょう》で、新郎新婦がキャンドルサービスでテーブルを回る際に、彼女の真っ白なウエディングドレスに赤ワインをぶっかけるというとんでもない所行に出たのが北原で、彼はなんと、美鈴の結婚相手、守谷透《もりやとおる》の元カレであり、俺同様、透に捨てられた腹いせに結婚式の妨害《ぼうがい》をしたとのことだった。

俺を巻き込んだのは、偶然《ぐうぜん》トイレで美鈴の同僚たちが俺の噂《うわさ》話を——さんざん貢がされた馬鹿課長、というような話を聞き、シンパシィを感じたためだそうだ。

シンパシィが愛情にかわったのだろうか、なぜだか北原は新たな恋の相手は俺だと宣言し、もの凄《すご》いアプローチをし始めた。

彼の気持ちの真っ直ぐさにほだされたというか、いいように丸め込まれてしまったというか、好きだからセックスしよう、男同士でしたことないから躊躇《ためら》うんだ。一回やってみればいい、となし崩《くず》しに身体を許した翌日から、一緒に住もうと俺の部屋に転がり込んできた彼と同居をはじめたのだった。

流された、流されたと何度も言ったが、同居に耐《た》えられなければ何か対処策《たいしょさく》を考えただろうから、こうして受け入れている時点で、俺の方でも北原に対しては、なんらかの特別な感情を抱いていることは間違いない。

だがそれが『愛情』かと問われた場合、頷《うなず》くのを微妙《びみょう》に躊躇ってしまう、というのが現況だった。

北原のことは別に嫌いではないし、セックスだってそれこそ何度と数えきれないくらいの回数をこなしているのだが、彼を愛しているか、好きか、と改めて考えると、どうだろう、と首を傾《かし》げてしまう。

『嫌いじゃない』と『好き』の間には他にさまざまな感情がある。

北原側では俺のことを『好き』でいてくれているというが、同じ気持ちを彼に抱いているかに関しては、未《いま》だ、俺の中で答えは出ていなかった。

それでも気を失った俺の身体を案じ、

「タオル、取り替えようか」

と甲斐甲斐《かいがい》しく働く姿は可愛いと思うし、その辺のモデルや歌手より整っている綺麗な顔で微笑《ほほえ》まれると、どきりとすることもある。

やはり『好き』なのかなあとは思うのだが、にこにこ笑いながら彼が、

「でもさ、セックスがよすぎて失神されるって、男冥利《おとこみょうり》につきるよね」

などと言ってくると、途端《とたん》に気持ちが冷めてしまう。

「一回さ、史郎がぶっ壊れるまで抱いてみたいな。ダメ?」

加えてそんなことまで言われるともう、勘弁《かんべん》してほしいとしか思えず、

「駄目《だめ》に決まっているだろうっ」

と怒鳴《どな》りながらも、自分の気持ちがどこにあるのかわからなくなるのだ。

「壊れるまでは冗談だけどさ、腰、立たなくなるまで、とかはやってみたいよね」

「…………」

うっとりした口調でそんな恐ろしいことを言う北原に、俺としてはまったくやってみたくありません、ということを伝えるにはどうすればいいか、真剣に考えねばならないという現況は果たして『蜜月状態《みつげつじょうたい》』といえるのか。

やはり謎《なぞ》だ——という毎日を、この三ヶ月俺は送っていたのだった。

翌朝目覚めると、北原はいつものように俺のために朝食の支度を調えてくれていた。

「史郎、朝、和食が好きだって言うからさ」

派手な外見に似合わず北原は実に家庭的な男で、家事全般得意なのである。俺はまったく不得手というか、面倒でできることならやりたくない派であったため、北原と同居を始めてからは食生活が向上しただけでなく、部屋も見違えるように片付いた。

北原も家事は『得意』ではあるが、面倒くさがりでもあるので、自分だけのためには食事を作るのは稀《まれ》だという。好きな人には尽《つ》くしたいのだ、と熱く見つめられ、どう対応していいの

か迷《まよ》ったが、ともあれ、今、彼は『好きな人』である俺のために毎日甲斐甲斐しくメシを作り、家を片付け、洗濯《せんたく》もしてくれているのだった。

今朝のメニューも俺の好みと健康を考え、ご飯に味噌汁《みそしる》、それにほうれん草のおひたしと鯵《あじ》の干物《ひもの》を焼いたもの、加えて卵焼きに大根おろし、と、まさに一汁三菜《いちじゅうさんさい》を用意してくれていた。

「美味《おい》しい？」

「ああ、美味《うま》いよ」

にこにこ笑いながら問いかけてくるその顔は可愛いし、メシもお世辞《せじ》抜きで美味しい。こういうときにはなんとなく、俺たちは付き合っているんだなと実感すると共に、こういう生活もいいよなと思うんだよなあ、と考えつつ返事をする。

「今日は遅い？」

「いや、そう遅くはならないと思う」

「会社出る前にメールしてよ。夕食、その時間に合わせて作るからさ」

「ありがとう」

こういう会話は『恋人』というよりは最早《もはや》夫婦だなと思うと、やはり多少の違和感《いわかん》はある。男同士だから、という意味での違和感ではなく、『夫婦』というほど心の繋《つな》がりはあるのだろうかという疑問が常に胸にあるからなのだが、それを深く追求することがないのは、常に北原のペースで日常が進んでいるためだった。

「いってらっしゃーい！」

新婚さんよろしく、キスで俺を送り出してくれる彼に「いってきます」と手を振り会社に向かう。一人になるとまた、果たしてこのままでいいのかという考えが浮かぶが、その思考も通勤電車に揺られる三十分ほどの間のみしか続かない。

出社すれば仕事に集中するから——という理由ではない。一応これでも課長職についているのだから、本来はそうあるべきだということは勿論《もちろん》わかっちゃいるが、会社には俺を悩ましい気持ちに陥《おちい》らせる事態が待ち受けているのだった。

俺の出社は始業の三十分前が常である。

「おはようございます」

いつものように挨拶《あいさつ》をし、席へと向かうと、課内で一人だけ、常に俺より前に出社している南田《みなみだ》が、

「おはようございます」

と挨拶を返してくれ、立ち上がって席についた俺の背後に回り込んだ。

「課長、また西崎《にしざき》さんからおかしなメールがきていませんか？」

俺より先に俺のパソコンの電源を入れ、ログインしてください、と目で促《うなが》してくる。

「……大丈夫だよ。昨日も来ていなかったし……」

ここ三ヶ月、出社すると南田にログインを促され、メールを確認したがる彼を断るというの

が日常となっていた。

「一昨日《おととい》はきたじゃないですか」

南田は今年三年目になる、俺の部下の中では最も優秀といっていい男だ。学生時代はラグビー部の主将《しゅしょう》を務めていたことからもわかるように、非常に責任感が強く、かつ、人好きのするナイスガイである。

ちなみに彼の外見も、いかにもスポーツマンらしい爽やかさが際立《きわだ》つイケメンであり、部内若手女子の人気ナンバーワンだった。

そんな彼は三ヶ月前までは確かに、俺にとっては最も頼りがいのある可愛い部下だった――が、三ヶ月前、あることがきっかけとなり、それから彼の態度も、俺の彼に対する評価も変わってしまったのだ。

勿論、仕事上はなんの問題もない。相変わらず『頼れる部下』ではあるのだが、毎朝こうしてストーカーのように俺のメールのチェックをするのは勘弁してもらいたかった。

「いいから、開いてみてください」

さあ、と俺の肩に手を乗せ、後ろから画面を覗《のぞ》き込んでくる。肩を摑《つか》む手がやけに熱いと感じるのも、頬《ほお》を必要以上に寄せてきてるんじゃないかと感じるのも、決して俺の気のせいじゃない。それもまた勘弁してもらいたいと思う彼の『変化』だった。

上司なのだからきっぱりと『メールなど見せられるわけないだろう』と言い切ったり、『いいから席に戻れ』と命令すればいいと思われるだろうが、それがそうはいかない事情がある。というのも俺は南田に、とんでもない状況に陥っていることを知られているのだった。

その『とんでもない状況』が、今、南田の言った『西崎』である。西崎といっても俺を手玉に取り、あっさり結婚退職していった西崎美鈴のことではなく、彼女の兄、西崎清之介《にしざきせいのすけ》で、南田に急《せ》かされ、仕方なく立ち上げたメールの受信ボックスには、しっかり彼発信のメールが届いていた。

「やっぱり」

勝ち誇《ほこ》ったように——ではなく、憤懣《ふんまん》やるかたなしといった様子で南田は舌打ちすると、さも当然のように俺を促す。

「今日は何を言ってきてるんです？　開けてください」

プライバシーの侵害《しんがい》だ、と断ることもなく俺が南田に言われるままにメールを開いたのは、西崎が取引先の人間であり、メールの用件は仕事のことに限られるから——というわけではなかった。

西崎は超一流といわれる総合商社、友菱商事《ともびししょうじ》勤務であり、二十八歳という若さで課長職についている。

彼のおかげで俺の部は大幅な黒字転換をした。俺の勤務先は一部上場の電機メーカーで、担当しているのは空調機器なのだが、西崎はいきなり大型案件の空調機器を弊社《へいしゃ》に一括《いっかつ》発注してくれただけでなく、それを『俺のため』と部長や本部長の前で宣言したのである。

表面上は『妹が迷惑をかけたため』——俺が貢がされたことではなく、総合職として鳴り物入り入社をしたにもかかわらず、たった一年で辞めたことを指していた——という理由づけをしていたが、実際の動機はそこにはなかった。

なんと西崎は——見るからに育ちのよさそうなハンサムガイにしてエリート商社マンである彼は、俺のことが好きだというのだ。

取引先相手として『好き』とか『好感が持てる』とかの感情ならまだいい。なぜか西崎は七つも年上の、メーカーの冴《さ》えないおっさん課長に『恋愛感情』を抱いていた。

その上彼は俺に肉欲まで感じている。それを知らされたのは酒に薬を混ぜられ、気を失っている間にホテルに連れ込まれたという過去があるからなのだが、そういった事態を南田はすべて知っているだけでなく、西崎が北原と俺を争ったことも知っている。

もとより面倒見のいい南田は、上司とはいえ、男から、しかも二人から強烈《きょうれつ》なアプローチを受ける俺を放ってはおけないとのことで、こうして毎朝西崎からおかしなメールがきていないかをチェックするようになったのだった。

ちなみに俺が北原と同棲中《どうせいちゅう》であるということには気づかれていない——と思う。穿《うが》ちすぎとは思いつつ、どうも南田の俺への接し方は『部下として心配している』という範疇《はんちゅう》を超えている気がするのだ。

南田がゲイであるという話は聞いたことがないし、何より俺のようなしょぼくれたおっさんを好きになるなんてあり得ないとも勿論思っている。だが、現に超がつくほどイケメンの北原や西崎に今、性的な意味を含めて好かれているわけで、それを思うと南田も——という考えを捨てることはできなかった。

男限定で——しかもとびきりいい男限定で、今、俺はいわゆる『モテ期』に突入しているようである。というのも、もう一人、銀座で『EAST of EDEN』という女子禁制のお洒落《しゃれ》なバーの経営者かつバーテンをしている東社《あずまやしろ》という三十代前半の、やはり滅多《めった》に見ないようないい男が、どうも俺に気がある素振《そぶ》りをするのだ。

彼に対しては、もしかしてからかわれているのかもという気がしないでもないのだが、悪意よりは好意を持たれているのは間違いなく、そんなわけで南田についてもついつい、疑惑《ぎわく》の視線を向けてしまうのだった。

その南田に促され、開けたメールは文頭から頭を抱えるものだった。

『ご無沙汰《ぶさた》しています。田中《たなか》さん、昨日は終日研修でメールを打つことができなかったこと、お許しください』

いや、別に毎日打ってほしいなんて、一回だって言ったことないし、と溜め息をつきそうになった俺の耳に、チッと舌打ちする南田の声が響く。

「相変わらずウザいですね」

「…………ああ…………」

毎朝、こうして密着《みっちゃく》しながらメールをチェックするお前も、充分すぎるほどにウザいぞ、と思いはしたものの、勿論直接本人に告げる勇気はなく、頷くに留《とど》めるとメールの続きを目で追った。

『昨日は建築関係者を集めての研修だったのですが、エル設計事務所の辰巳智《たつみさとし》が講師として派遣されてきました。今度彼は御社も受注を狙《ねら》っているF駅周辺再開発プロジェクトの総合設計を担当することが決まっていましたね。今日、アポイントメントを取りましたので、よろしければ同行しませんか？　御社の空調機器や昇降機《しょうこうき》を設計に組み込んでもらえるチャンスかと思います』

「……辰巳ってあの、辰巳智でしょうか」

南田が呆然《ぼうぜん》とした声を出す。彼同様、俺もただただ呆然としていた。

建設業界で辰巳智の名を知らない人間は皆無だろう。業界内だけでなく、社会人の八割、いや、九割は知っていると思われる、超有名な設計士だ。

日本どころか世界的にも著名《ちょめい》である彼は、確かまだ四十代前半という若さだったと思う。そんなカリスマともいわれる設計士と、研修の講師と生徒という場で顔を合わせただけなのに速攻アポイントメントを取得するとは、やはり西崎という男、タダ者ではない。

彼のメールにもあったが、ウチの会社はF駅周辺の再開発プロジェクトでの空調機器の受注を狙っており、その設計を担当する辰己に紹介してもらえるというのはまさに渡りに船だった。設計段階から当社のスペックとなっていれば受注間違いなしだからである。

「凄いな」

思わず感心した声を上げ、すぐさまお礼の電話をしようと受話器をとりかけた俺の手を、背後から伸びてきた南田の手ががしっと摑む。

「え？」

なんだ、と振り返ると南田は俺の手を握《にぎ》ったままひとこと、

「僕も行きます」

そう言い、きっぱりと頷いてみせた。

「……わかった」

大型受注に結びつくかどうかで頭がいっぱいになっていた俺は、南田の発言の意味をあまり深く考えていなかった。

それでも、同行者を連れていっていいかと一応確認はするか、と、頭の片隅《かたすみ》で考えつつ短縮に登録してある西崎の会社の番号を呼び出しかけ始める。

『もしもし？　田中さんですよね？』

コール音もしないうちに受話器が上がり、ハイテンションな西崎の声が電話の向こうから響いてきた。

「どうも、お世話になって……」

『メール観ていただけました？　今日の三時に麻布十番なんですが、ご都合、いかがでしょう』

俺が喋《しゃべ》り出すのにかぶせ、西崎が可否を聞いてくる。せっかちだな、と思いはしたが、もしや辰己に即答を迫られているのかもと気づき、俺も慌《あわ》てて返事をした。

「大丈夫です。本当にありがとうございます。助かります」

『あなたのためなら僕はなんだってしますよ！』

明るくそう言い放つ西崎に対し、リアクションのとりようがなかった俺は一瞬絶句《ぜっく》したのだったが、そうだ、同行者について話さねば、と思い出し確認を取った。

「すみません、当社からもう一名連れていきたいのですが、よろしいでしょうか」

『え？』

と、それまで陽気すぎるほど陽気な声を上げていた西崎の声音が、ここで一気にトーンダウンした。

『同行者とは誰ですか？』

不機嫌《ふきげん》にも聞こえる調子で問われ、何が気に障《さわ》ったのかと案じつつ答える。

「部下ですが……」

『もしや南田さんとかいう？』

「はい」

もう何度も顔を合わせているのに『とか』などと言うところに、そこはかとない悪意を感じる、と思った俺の勘《かん》は当たったようだ。

『先方も大人数で来られても迷惑でしょう。今日のところは僕と田中さん、二人ということでお願いします』

「あ……わかりました」

紹介者である西崎に『Ｎｏ』といわれればそこで話はしまいだ。『大人数では先方に迷惑になる』という言葉にも納得できたので俺は仕方なく申し出を引っ込め、その後詳しい待ち合わせなどを決めてから電話を切った。

「もしかして同行、断られましたよね？」

俺が電話を終えるのを傍《そば》で待ちわびていた南田が勢い込んで問いかけてくる。

「ああ、悪い。大人数で押しかけると先方の迷惑になると言われて」

「でもそれって、僕の名前、出したあとに言われたんですよね？」

「……ああ、そうだけど……？」

事実だったので頷くと、南田は「あの野郎」と小声で毒《どく》づいたあと、俺に対しても厳《きび》しい声を出した。

「課長、気をつけないと駄目ですよ。どう考えても下心ミエミエでしょう」

「勿論、気をつけてはいるよ。でも、辰己智だぞ？」

彼を紹介してもらえるのは、当課にとって――いや、当社にとって物凄いプラスになる。空調機器だけでなく他のアイテムも売り込むチャンスだ。しまった、本部長にすぐ報告し、同行を頼めばよかったのか、と今更のことを思いつき焦《あせ》っていた俺は、南田の、

「だからって！」

という大きな声に、はっと我に返った。

「え？」

「いくら辰己智を紹介してもらえるからって、貞操《ていそう》の危機《きき》に陥ったらどうするんです？」

「貞操って……」

フロア中に響く大声を上げられ、ぎょっとして俺は周囲を見渡した。あと十五分ほどで始業なので、結構な人数出社しており、みんな、南田の大声にびっくりしたようにこちらを見ている。

これ以上注目されたくないという思いのもと、俺は南田に小声で、

「貞操の危機なんてあり得ないだろう。ただ一緒に辰己智に会いに行くだけなんだから」

と告げ、お前も声のトーンを落とせ、と暗に伝えた。

「辰己智の事務所を訪問したあと、飲みに誘われるかもしれません」

俺の意を汲《く》んで南田は小声になったものの、発言内容は先ほどとあまり変わらなかった。

「辰己智を紹介してやったんだ、このあとホテルに行こうとか、言われたらどうするんです」

「勿論断るよ」

それ以外の選択肢《せんたくし》はない、と即答《そくとう》した俺を、実に疑い深そうな目で南田が見る。

「断れますか？　課長、押しに弱いから」

「さすがに『ホテルに行こう』は俺だって断れるよ」

南田の目に俺は、どれだけ頼りなく映っているのかと心の中で嘆《なげ》きつつ、そうきっぱり言い切ると、

「さあ、仕事だ」

と彼を席に戻そうとした。ちょうどいいタイミングで俺の課の課員たちが、

「おはようございます」

と出社してくる。

「おはよう」

「あ、課長、十時に前原工業《まえはらこうぎょう》さんが来るんですが、同席、お願いできますか？」

六年目の上野《うえの》が、俺の傍に立つ南田を気にしながらそう声をかけてきた。

「ああ、わかった。神田ビルの件か？」

「そうです」

上野との会話が始まったので、南田は仕方なさそうに席に戻っていったが、彼の顔は上野が気にするのもわかるくらいに不機嫌そうだった。

俺のことを心配してくれる気持ちはありがたいが、これでも管理職の端《はし》くれ、無体《むたい》な誘いの一つや二つ、断ってみせるさ、と心の中で呟《つぶや》き、彼の姿を横目で追う。

まさかこのあと予想外の展開が待ち受けていようとは、未来を見通す力のない俺にわかるはずもなく、大型受注に繋がるであろう辰己智との面談に期待を膨《ふく》らませていた。

2

辰己智を紹介してもらえることになったと部長に報告にいくと、すぐに本部長から呼び出しがかかった。

「凄いじゃないか！　田中君！」

本部長室に入った途端、専務《せんむ》でもある瀧川《たきがわ》本部長が、喜色満面《きしょくまんめん》とはこういう顔か、という笑顔で俺に駆《か》け寄り、肩を叩《たた》いてきた。

「は、はあ……」

「よくやった！　Ｆ駅周辺再開発プロジェクトの空調機がウチ独占《どくせん》となれば、予算を大幅に上積みできる！　さすがは田中君だ！　君、凄いよ！」

「あ、ありがとうございます」

凄いのは俺ではなく、カリスマ設計士を紹介してくれる西崎である上に、紹介してもらったとしてもＦ駅周辺再開発プロジェクトを受注できるかは当然ながらまだわからない。

適当にあしらわれるかもしれないのに、こうも期待されると辛《つら》いなと思いはしたが、サラリーマンゆえここは『任せてください』と胸を張るという選択肢しかない。

「それにしても友菱商事の西崎課長は、本当によくしてくれるね。そうだ、辰己さんと西崎さん、二人の接待《せったい》をセッティングしよう。君、今日、お二人の都合を聞いてきてくれ」

専務にそんな無茶《むちゃ》ぶりまでされたが、ここも『わかりました』と頷くしかなく、重すぎる期待に憂鬱《ゆううつ》になりながら、俺は西崎との待ち合わせ場所である麻布十番の駅へと向かったのだった。

面談までの間に一応、辰己の設計したビルや施設《しせつ》をざっとピックアップしてみたのだが、どれもこれも有名であり、なおかつ、さすがとしかいいようのない仕上がりだった。

好みもあろうが、前衛的《ぜんえいてき》すぎず、それでいてオーソドックスでもなく、しかもこの上なく機能的な建物の外観も、そして辰己が拘《こだわ》りを見せるという内装も素晴らしい、と改めて俺は感嘆《かんたん》していた。

大型ビル施設だけでなく、友人であれば家や別荘の設計も手がけてくれるという。友人になる機会など皆無だろうが、写真で見る辰己デザインの家は見た目もいい上に住むには実に快適そうで、心底羨《うらや》ましくなった。

講習会で会っただけでアポイントメントをとりつける西崎あたり、友人にならないだろうか、などと馬鹿げたことを考えつつ改札を出ると、約束の十分前だというのに既《すで》に西崎は到着しており、笑顔で俺を迎《むか》えてくれた。

「田中さん、お久しぶりです」

「いや……」

確か一昨昨日《さきおととい》、用もないのに会社に来たじゃないかと言いかけたが、辰巳紹介という大恩《だいおん》があるため、下手なことは言うまいと一旦《いったん》口を閉ざすと、改めて西崎に頭を下げた。

「本当にありがとうございます。辰巳さんをご紹介いただけるなど、なんとお礼を言ったらいいか。瀧川よりもくれぐれもよろしくとのことでした」

「やだな、そんな、改まらないでくださいよ。僕と田中さんの仲じゃないですか」

にこにこ笑いながら西崎が俺の背に腕を回してくる。いや、俺とあなたは別に、どういう『仲』でも無いはずだけれど、とも言いたかったが、へそを曲げられては困るのでこれも我慢《がまん》した。

「さあ、行きましょう」

上機嫌の西崎に促され、駅からすぐ近くにある辰巳の設計会社、エル設計に向かう。受付で西崎が名乗るとすぐに秘書が降りてきて、俺たち二人をビルの最上階にある辰巳の部屋へと連れていってくれた。

このビルも当然ながら辰巳の設計で、やはりかっこいいなあ、ときょろきょろしてしまったが、秘書が、

「失礼いたします」

とスタイリッシュなドアをノックしながら開いたときには、さすがに緊張《きんちょう》していた。

「辰巳さん、三時お約束の、友菱商事の西崎様がいらっしゃいました」

どうぞ、と美人秘書が大きく扉《とびら》を開き、俺たちを中へと誘《いざな》う。

「失礼いたします」

まず西崎が、続いて俺が部屋に入ったのだが、オフィスとは思えない内装に驚いた上で、その室内に佇《たたず》む、メディアで見るとおりの辰己の姿にまた驚き、俺はまじまじと彼と、彼の背景を見つめてしまっていた。

部屋の内装は、シンプルといえばシンプルだった。真っ白な壁に真っ白な天井、机も椅子も透明で、やはり白いブラインドの間から入る日差しで、眩《まぶ》しいとすら感じられた。

造り付けの本棚《ほんだな》はさすがに透明ではないがこれも白で、整然と雑誌や書籍が並んでいる。仕事机は天板は透明、それにパソコンが特注なんだろうが、透明で中身の機械が透けて見えていた。ちなみに電気スタンドも透明である。

俺がこの部屋で仕事をしろと言われたら、なんとも落ち着かず少しも集中できそうにないが、やはり天才とかカリスマとか言われるような人は、常人と好みが違うのだろう、とその『天才』『カリスマ』設計士を見やる。

「やあ、西崎君」

にっこりと微笑み、近づいてきた辰己は、実にいい男だった。身長は百八十センチを越しているると思う。細いフレームの眼鏡《めがね》をかけたその顔は、俳優よりも整っていた。

服装はスーツではなく、ジャケットとパンツだったが、さすがにセンスがいい上、仕立てもいいように見える。きっと超がつくほど高いんだろうな、と上から下まで、それこそピカピカに磨《みが》かれた革靴《かわぐつ》までもを見ていた俺は、いきなり西崎に紹介され、はっと我に返った。

「辰己さん、昨日はありがとうございました。紹介します。友菱電機の田中課長です」

「は、はじめまして……っ。友菱電機の田中と申します」

慌てて頭を下げながらポケットを探って名刺《めいし》入れを取り出す。

「ああ、そういえばメーカーの人を連れてくると言ってたね」

辰己が鷹揚《おうよう》な態度で俺へと向き直った気配が伝わってきた。名刺を渡そう、と顔を上げ彼を見る。

「……っ」

その瞬間、何に驚いたのか、眼鏡のレンズの奥で彼の目が見開かれた。

「？」

なんだ、と思いつつも俺は名刺を両手で差し出し、再び頭を下げた。

「よろしくお願いいたします」

「田中……史郎……」

頭の上で、呟くような声で俺の名を告げる——名刺を読んでいるのだろう——辰己の声が響く。

呼び捨てかよ、と思いはしたが、天下の辰己智であれば呼び捨てにされても文句は言えない。

「はい、田中と申します」

それで顔を上げ、返事をすると、いきなり辰己は思いも寄らない行動に出て、俺を非常に驚かせた。

なんと彼は、俺から名刺を受け取ることもせず、いきなり名刺を持つ俺の両手を握り締めてきたのである。

「……え？」

ぎょっとしたあまり俺が反射的に手を引こうとした瞬間、辰己の手はぱっと離れていった。

「辰己です。よろしくお願いします」

辰己は実にスマートな挨拶をしたかと思うと、俺の手からすっと名刺を引き抜き、続いて流れるような動作でジャケットの胸ポケットから名刺入れを取り出した。

「どうぞ」

「頂戴《ちょうだい》いたします」

今のはなんだったのだろうと訝《いぶか》りつつも、差し出された名刺をありがたく両手で受け取る。

ちらと目を上げると辰己とまた目が合い、にっこりと微笑みかけられた。

「………」

よくわからないが、俺もまた笑顔を返すと辰己は、

「どうぞお座りください」

と俺を応接セットへと導いた。

「あ、あの……」

すっかり西崎が蚊帳《かや》の外《そと》状態になっている、と彼を見る。俺の視線を追った辰己はようやく西崎の存在を思い出したかのように「ああ」と声を上げ、彼にも笑顔を向けた。

「西崎君も座ってくれ」

「……はい……」

憮然《ぶぜん》としたまま西崎が俺の横に腰を下ろす。透明な椅子の座り心地は、思ったより硬《かた》くはなかったものの、さすがに『いい』とはいえないなと思っていたところ、

「失礼いたします」

という美人秘書の声と共にドアが開き、彼女がコーヒーを三つ載せたトレイを手に入室してきた。

「ああ、しまった。先に好みを聞けばよかった」

大仰《おおぎょう》にも見える仕草《しぐさ》で辰己は肩を竦《すく》めると、コーヒーを俺たちの前に置こうとする秘書を目で制してから、俺を真っ直ぐに見つめ問いかけてきた。

「田中さん、何を飲まれますか？　コーヒーでも紅茶でも日本茶でも……ああ、昨日、いいワインをいただいたんですよ。それにしましょうか」

「いえ、そんな……コーヒーで結構ですので」

まだ明るい時間からワインはないだろうし、せっかくこうして淹《い》れてくれたんだし、と返事をしたあと、しまった、西崎の意向を聞かねばと彼を見た。

「僕もコーヒーで」

西崎がむすっとしたままそう告げ、物言いたげな視線を俺へと向けてくる。なんだ？　と問い返そうとしたが、そのときには既《すで》に辰己が喋《しゃべ》り出しており、そちらに注目せざるを得なくなった。

「ときに田中さん、友菱電機ではどのような製品をご担当されているんですか？」

「はい、空調機器を」

「エアコンですか。友菱のエアコンの性能は素晴らしいですね」

「ありがとうございます……」

世辞にしてもそんなことを言われるとは思わず、恐縮《きょうしゅく》する俺に辰己の質問は続いた。

「ところで田中さん、おいくつですか？」

「三十五です」

「ご出身は？　東京？」

「いえ、長野ですが……」

「今はどちらに住んでいらっしゃるんです？」

「ええと……」

なぜに質問が俺のことに集中するのか、意味がわからないながらも答えないわけにはいかないか、と質問に答え続ける。

辰己の質問はその後、なぜか俺の出身大学から高校、中学、小学校や幼稚園と学歴を網羅《もうら》したあと、次には身長体重、スーツのサイズに首回りや腕の長さへと向かっていった。

よくわからないながらも答えているうちに、再びドアがノックされ、先ほどの美人秘書がまたトレイを手に現れたが、その上にはなんと、赤ワインを注《そそ》がれたワイングラスとチーズを盛った皿が載っていた。

「な……っ」

思わず驚きの声を上げた俺に、辰己が、何を驚くことがあるのかと言わんばかりに、にっこり、と微笑みかけてくる。

「先ほどお話ししたワインです。さあ、乾杯《かんぱい》しましょう」

「は、はあ……」

まだ午後三時過ぎだ。酒を飲むような時間じゃない。が、断るのはやはり憚《はばか》られた。どうする、とちらと西崎を見ると、彼はもうワイングラスを手にとり口元へと運んでいた。

ええっ⁉　と驚きつつ、彼が飲む気なら、と俺もグラスを手にとる。

「それじゃあ、乾杯しましょう」

辰己もグラスを手にし、俺に向かって掲《かか》げてみせた。

「乾杯！」

「か……乾杯」

明るくそう告げる彼と声を合わせ、グラスを口へと運ぶ。俺の横では『乾杯』を言うより前から西崎がワインをがぶ飲みしていた。

客先でそんなに飲んで大丈夫なのか、と目で合図を送るも、西崎はなぜか俺を見ようともしない。どうした、と小声で問いかけようとした俺に、辰己がワインのせいで中断した俺への質問を再び始めた。

「ところで田中さん、お酒は何がお好みですか？」

「そうですね、なんでも美味しく飲みます。ワインは特に好きです」

実際はワインより焼酎《しょうちゅう》が好きだったが、今ワインをご馳走《ちそう》になっているのにそう言うわけにはいかないだろう、と話を合わせる。

「それはよかった」

本気にしたのか、やはり社交辞令で返してきたのか、辰己は微笑み頷くと、今度は食事の好みを聞いてきた。

「和食と洋食、それに中華だったらどれがお好みですか？」

「なんでも美味しくいただきます。でも年が年なので、和食が一番しっくりくるかなと……」

「あはは、三十五歳のあなたにそう言われたら、四十二歳の私は血の滴《したた》るようなステーキが好

きです、とは言えなくなってしまう」

　途端に辰己が笑い出す。しまった、自虐《じぎゃく》ネタのつもりだったが、辰己は自分より年上だった。年下の男に『この年で』などと言われれば面白くないだろう。脇《わき》がいやな汗で濡れるのを自覚しながら俺は慌ててフォローに走った。

「いやあ、辰己さんは見た目もお若いですが、身体の中身もお若いんですね」

　とってつけたような世辞という自覚はあったが、辰己のように普段世辞を言われ慣れているタイプにはおそらく、このくらい言わねば駄目だろう。俺の読みは当たったらしく、

「田中さんはお口が上手い」

　そう言いながらも辰己は嬉しそうだった。やれやれ、と密《ひそ》かに安堵《あんど》の息を吐き、そろそろ話題をF駅周辺再開発に向けるべく、きっかけを探す。と、まるで俺の心が読めるかのように、幸運にも辰己のほうからその話を振ってくれた。

「今日、いらしてくださったのはやはり、今度私が設計を任されたF駅周辺再開発計画に関することでしょうか」

「あ、はい。そうなんです」

　慌てて頷き、今の進捗《しんちょく》を聞こうとした俺に向かい、辰己が、

「ああ、チーズ、どうぞ」

　と話を中断し、チーズの皿を示してみせる。

「ありがとうございます」

礼を言ったものの取らずにいると、辰己に「お取りしましょうか?」と問われ、そんなわけにはいかないと手を伸ばす。

そのとき横に座っていた西崎が動いた。俺より先に皿からチーズをいくつか小皿に載せ、笑顔でそれを俺に差し出してきたのだ。

「どうぞ、田中さん」

「ちょ……っ」

ここはやはり、辰己を気遣うべきだろうと目で訴えかけるも、西崎はまるで気づかぬ様子で、

「はい」

と小皿を俺に尚も差し出す。

「辰己さんに……」

仕方なく口に出すと、辰己は笑顔でそれを退《しりぞ》けた。

「いや、僕は自分でとるから」

言葉どおり、ナイフでチーズを切り始めた彼を前に、俺は慌てて、

「私が……」

と声をかける。

「気遣いは不要だよ」

だが辰己はさっさと自分で切ったチーズをクラッカーに載せると、ぱくっとそれを食べてしまった。

「すみません……」

恐縮《きょうしゅく》しまくる俺に西崎は、何を意地になっているのか、

「さあ、田中さん」

とチーズの皿を押しつける。

「ありがとう」

受け取らないでいるのも変だしなと思い受け取った途端、辰己がいきなり話を振ってきた。

「そうそう、F駅周辺再開発の件だったね」

「あ、はい」

食べている場合じゃない、と小皿をテーブルに置き、身を乗り出す。と、またも辰己は、俺が専務に言われた内容を知っているかのような言葉を口にしたのだった。

「友菱の空調機を設計に組み込むかどうかは、製品に対する知識をきっちり仕入れてから決めたいんだ。なので、近々、一緒に食事をしないか?」

「喜んで!」

居酒屋の店員じゃないんだから、と、セルフ突っ込みを入れるような返事をした俺は、そのときにはまだ、辰己の口調がいつの間にか馴《な》れ馴《な》れしくなっていることに気づいていなかった。

「失礼しました。実は弊社の専務、瀧川《たきがわ》からも是非、一席設けさせていただきたいとの伝言を預かってきているのです。早速《さっそく》予定のすりあわせを……っ」

どうやって申し出ようか、悩んでいたところ、期せずして辰己のほうから申し出があったことで、俺はすっかり舞い上がっていた。

すぐにも日程を決めねば、とポケットから手帳を取り出し、問いかける。だが辰己は、少し困ったように笑い、首を横に振った。

「いや、御社の専務との会食など、畏《おそ》れ多いよ。まずは田中さん、君からいろいろ話を聞きたいんだが、どうかな？」

「え」

釣り合いからいえば、辰己との会食なら当社の社長や会長が出席してもおかしくない——どころか、ウチの社長や会長のほうが『畏れ多い』と思うだろう。

それは言い過ぎにしても、専務との会食をそんな理由で断られては困る。それで俺は辰己に再度、申し出ることにした。

「畏れ多いとは、とんでもない！　瀧川も是非にと申しておりますし、どうか……」

「田中君、僕は君と二人で食事がしたいと言ったんだよ」

俺の言葉が終わるのを待たず、辰己がにっこり笑いつつ言葉を挟《はさ》んでくる。

「失礼しました……」

顔は笑っていたが、口調にも言葉にも棘《とげ》があった。専務に会いたがらない理由は、役職が上の人間に会えば当社に発注せざるを得なくなるとでも考えているのだろうか。それ以外理由は思いつかず、俺は慌てて、

「それでしたら、そのように」

と返事をしたあと、待てよ、と、今更のことに気づき真っ青になった。

要は辰己と二人きりで食事に行くということだ。その席で当社の製品に関して満足な受け答えができなければ、受注への望みは断たれる。

そんな大任、俺には無理だ。製品知識は勿論役員よりはあるが、決裁権限《けっさいけんげん》はわずか五千万、F駅周辺再開発プロジェクトのような大型案件を仕切れる器《うつわ》ではないのだ。

せめて部長を、とみたび申し出ようかとも思ったが、

「よかった。了承してくれたんだね」

と先に辰己に喜ばれてしまっては、何も言えなくなった。

「和食が好きだと言ってたね。場所は青山でいいかな？　明日は札幌で竣工式《しゅんこうしき》に出なければならないから、明後日《あさって》は？」

まさに先ほどの俺同様、舞い上がっているとしか思えない様子で、辰己が問いかけてくる。たとえどんな予定が入っていようと、優先させねばなるまい、と俺は手帳を開くより前に頷いた。

ときのとき、
辰己が満足げに笑い、手にしていたグラスを、また、乾杯、というように掲げてみせたその

とき、

「明後日で大丈夫です」

「よかった。それでは明後日に。店はあとでメールするよ」

辰己が満足げに笑い、手にしていたグラスを、また、乾杯、というように掲げてみせたその
とき、

「すみません」

不機嫌きわまりない声が俺の横から響き、何事かと声の主を——西崎を見やった。

「なんだい？　西崎君」

辰己が眼鏡の奥の瞳を細め、彼に笑いかける。が、その目は少しも笑っていない上に、声音《こわね》もちょっと低い気がする、と、俺は、不意にわけのわからない緊迫感が生まれたことに自身の緊張を高めた。

「明後日の会食、是非僕も同席したいんですが」

辰己の顔には笑みがあったが、そう告げた西崎はまるで鬼のような顔をしていた。そうも怒りを露《あら》わにする理由がわからないが、そんな顔で頼むのは逆効果だろう、とつい、口を出しそうになる。

だが俺が思ったように辰己は少しもむっとする素振りを見せず、それどころか満面の笑みを浮かべ、口を開いた。

「悪いが西崎君、僕は田中さんと空調機器の話をするんだよ。君が来ても会話に入れないだろ

う」

「僕もF駅周辺再開発プロジェクトについて、お話を伺いたいんです」

「それなら君とは別途、席を持とう。それでいいだろう？」

西崎は一貫《いっかん》して怒っており、辰己は一貫して笑顔だった。どれほど西崎が会食に参加したいと言っても――なぜ参加したいのかはイマイチよくわからないが――辰己が『Ｎｏ』と言えばごり押しもできまい。

別途、会食をしようと言われているのだからそれに乗ればいいのに、西崎はさんざんごり押しした結果、玉砕《ぎょくさい》した。

「ともかく、明後日は駄目だ。君とはそうだな、来週の水曜日だ。店は君が選んでくれていいよ」

そこまで辰己に言われては諦《あきら》めざるを得なくなったようで、西崎は憮然としたまま、

「わかりました」

と頷き、じろ、と辰己を、そしてなぜか横にいる俺を睨《にら》んだ。

「……？」

恨みがましい、としかいいようのない視線の意味がわからず眉《まゆ》を顰《ひそ》める。と、そんな俺の耳に、どこまでも陽気な辰己の声が響いた。

「それでは田中さん、また明後日に。そうそう、苦手な食材はありますか？　あとは、特別に

好きな食材。是非、教えてもらいたいな」

「は、はあ……」

別に好き嫌いはない、と答えようとし、俺はまたも今更のことに思い当たり、はっとした。

「も、申し訳ありません！　会食は当社の招待ということで……っ」

このままでは辰己の招待になってしまう、と俺は慌てまくったが、辰己はたった一言、

「気にしないで」

と言っただけで俺の口を封じた。

「それじゃ、メールするよ。苦手食材、好きな食材とも、返事に書いてくれればいいから」

そう告げたかと思うと辰己は、残っていたワインを一気に飲み干し、席を立ってしまった。

「あ、あの……」

帰れ、という合図だとはわかったものの、会食はウチもちにしてもらわないと困るのだ、とあわあわしていた俺の横で、西崎がタンッと音を立ててグラスをテーブルに置いたと同時に立ち上がる。

「ああ、西崎君。昨日君に会えてよかったよ」

相変わらず西崎は不機嫌な表情をしていたが、そんなことはお構いなしとばかりに辰己は彼に向かい、すっと右手を差し出した。

「………僕は後悔してますよ」

ぼそりと西崎はそんな言葉を呟くと、出された右手を軽く握りすぐに離した。

「行きますよ、田中さん」

そうして俺へと視線を向け、帰ろう、と促してくる。

「田中さん、また明後日に」

辰己は俺に対しても、右手を差し出してきた。握手という習慣はないものの、やはり握らねばならないんだろうな、と手を出した俺の背を、西崎が強く押す。

「え……っ？」

おかげで辰己の手を握ることなく、ドアに向かって歩き出すこととなった俺は、慌てて辰己を振り返ろうとしたが、西崎はぐいぐい背中を押してきてそれを制しようとする。

「し、失礼しました……っ」

せめて詫びをと叫んだ俺の背中に、辰己の上機嫌な声が響いた。

「今日はいい日だ。君もそう思ってくれていると信じているよ」

「………？？？」

よくわからないが返事をせねばと思ったときにはもう、西崎にドアの外へと押し出されていた。

「ちょっと失礼だったんじゃ……」

バタン、と大きな音が出るほどの勢いでドアを閉めたことを、自分の部下でもないのについ諫《いさ》めてしまった俺を、西崎がじろりと睨み付ける。

「田中さん、なぜあなたはそうなんです！」

「『そう』？‥？‥？‥」

意味がわからず眉を顰めた俺の両肩を西崎ががっちり掴み、身体を揺さぶってくる。

「また一人、競争相手を作ってしまった僕はなんて馬鹿なんだっ!!」

「え？　ええ??」

更にわけのわからないことを叫び、激しく俺の身体を揺さぶる西崎を止めることもできず、スタイリッシュな辰己の事務所の中、秘書の好奇《こうき》の視線に晒されながら俺は、ただただ呆然としてしまっていた。

3

辰巳の社を出たあと、俺は西崎に紹介の礼を言おうとしたのだが、西崎は、

「すみません、急ぎますんで」

と一言残し、そのままタクシーに乗っていってしまった。

彼から客先を紹介されたのはこれが初めてではない。親切にも何度か紹介してくれ、しかもそれがすべて受注に結びついているのだが、こうして客先を共に訪問したあとには必ずといっていいほど、西崎は俺を茶だの食事だのに誘ってきた。

恩があるので邪険《じゃけん》にはできず、付き合う羽目《はめ》になる。だが彼には一度、酒に薬を混ぜられホテルに連れ込まれたという恐ろしい目に遭っているため、できるかぎり二人きりでの食事や飲みを避《さ》けるようにしていた。

お茶は付き合えても、そのあとにお食事を、と誘われたときには、こっそり南田を呼び出し同席してもらった上で、場を改めてお礼を、と、部長主催の接待に持ち込む。それでなんとか乗り切ってきたのだが、毎度毎度かなり苦労してきたというのに、こうもあっさり解放されるとそれはそれで拍子抜けだった。

しかし、今は西崎にかまってなどいられない状況だったので、俺も大急ぎでタクシーを捕まえると一路社を目指した。

まずは部長に、辰己との面談を説明する。

「なんだって⁉　専務の招待を断って、君を招待してきたって⁉　なぜだ？　どうしてそうなる⁇」

部長が絶叫《ぜっきょう》する気持ちは痛いほどにわかった。俺だって理由を知りたいが、今のところ思い当たる節《ふし》は何もない。

「余程《よほど》気に入られたようだが……田中君、君一人で大丈夫か？」

俺自身が不安に感じているのだから、部長が不安に思うのも無理はない。俺一人ではF駅周辺再開発事業の大型受注をもぎ取る自信は正直なかった。

商品知識はさすがに会得しているが、スペックが変更可能かなど、技術的に込み入った話になると心許《こころもと》ない上に、価格ネゴなどされた場合、規模が大きいだけに即断できない。

確かに心配ではあるが、あれだけ『二人で』と言われては、今更また電話し『やっぱり専務も一緒に』とは申し出がしづらいと部長に言うと、

「……まあ、先方がそう言うのなら……」

部長は渋々《しぶしぶ》頷いたものの、次は必ず専務以下、自分も出席できるよう会食をセッティングすることと厳命した。

席に戻ると南田が、部長と長いこと打ち合わせをしていたことを心配したらしく、

「どうしたんです?」

とさりげなく尋ねてきた。

「いや、それが……」

辰己から会食の招待を受けたと説明すると、途端に南田は眉間にくっきりと縦皺を刻み唸ってみせた。

「それは怪《あや》しいですね」

「怪しいって?」

確かに変だとは思ったが、何が怪しいのかと尋ねると、南田はやれやれ、というような目で俺を見た。

「なんだよ」

「課長、いい加減《かげん》学習したらどうです?」

「え?」

意味がわからず問い返し、もしや、と気づく。

「……いやあ、それはないだろ」

南田はおそらく、辰己が俺に気があるのではと言いたいんだろうが、相手は天下の辰己智だ。さすがにそれは考えがたいと否定する。

「だってあまりにも不自然じゃないですか。いきなり二人で食事だなんて」

南田は憤慨《ふんがい》してみせたあと、そうだ、と何か思いついた顔になった。

「課長が誘われているとき、西崎さんは何してたんです？」

「別に何もしてなかったが」

同席したいと散々ゴネたが断られたという、本人にとっては不名誉《ふめいよ》なことを南田に教えることはないか、と適当に誤魔化《ごまか》す。

「おかしいな……」

南田は不思議そうな顔になったが、またすぐに新たな問いを発してきた。

「で、辰己智との面談のあと、西崎さんは？」

「急いで社に戻ったが？」

「……え？」

なぜそんなことを聞くのかがわからず眉を顰めた俺の前で、南田は俺以上に眉を顰め、

「おかしいですね」

とまた、先ほどと同じ言葉を口にした。

「何がおかしいんだ？」

「西崎さんが課長にこれだけの恩を売っておいて、お茶も誘わず帰るなんてあり得ないでしょう」

一体何があったんだと真剣に考え始めた南田を、勝手にやってろ、と放置し、俺は明後日の辰己との面談に備え商品知識の補填をすべく、技術部の同期にメールをし、明日の午後に二時間とり、レクチャーしてもらう段取りをつけた。

その日は少し仕事も溜まっていたので、二十時すぎまで会社にいたのだが、そろそろ帰ることにしパソコンの電源を落としていると、南田が声をかけてきた。

「課長、ちょっといいですか？」

「なんだ？」

今日は課員の退けが早く、今、ラインに残っているのは俺と南田の二人だった。飲みにでも誘われるのかなという俺の勘《かん》は当たり、

「このあと、軽くいきませんか？」

と誘ってきた。

「あー……そうだな」

明日、技術部の同期に話を聞くのに、F駅周辺再開発の概要《がいよう》をちょうどまとめ終えたところだった。このあと、辰己が今まで設計したビルの当社実績を調べようとしていたので、今夜は断ろうと思っていたのだが、

「ちょっと相談があるんです」

南田にそう言われては断りづらくなった。

「そうか」

「あ、それ、辰己智の設計リストですよね。当社の採用実績でしたら僕、まとめておきましたので」

その上、親切にも先回りにやってもらってしまっては誘いに乗らざるを得ず、俺は彼に礼を言ったあと、悩みというのはなんだ？　と尋ねた。

「それは店で……」

南田がちらと周囲を伺《うかが》い、小声でそう告げる。課には二人しか残っていなかったが、フロアにはまだ数名残業態勢に入っている社員がいた。

彼らに聞かれるのは困るということかと納得し、手早く机の上を片付け、明日の午前中の予定をチェックすると俺は、「お先に失礼します」と残っていた社員たちに声をかけ、南田と共に社を出た。

「どこ行く？」

できれば会社の近所で軽くすませたいなと思っていたのだが、南田はすでに店を決めていたようで、

「タクシーでいきましょう」

と乗り場に向かって歩き始めた。

タクシーに乗ると南田は運転手に、

「銀座、お願いします」

と言ったきり、口を閉ざしてしまった。

「店、予約でもしたのか？」

「ええ、まあ」

俺の質問にも言葉を濁《にご》し、答えようとしない。なんだか嫌な予感がするという俺の勘はまたしてもあたった。なんとタクシーを降り南田が向かった場所は、居酒屋でもレストランでもなく、バー『EAST of EDEN』だったのだ。

「おい？」

相談があるんじゃなかったのか、と訝《いぶか》る俺の腕を南田が強引に摑み、引きずるようにして店へと進んでいく。

「南田、お前なんで……」

彼の背に問うたところでドアが開き、俺は店内へと引きずり込まれたわけだが、

「いらっしゃいませ」

笑顔で迎えてくれたマスターの東《あずま》の他に店内にいた男たちを見て思わず驚きの声を上げてしまった。

「なんで!?」

俺が驚くのも無理のない話で、なんとカウンターしかない狭いバーのスツールには、西崎と、

そしてなぜか北原もいて、二人していかにも不機嫌そうな視線を俺へと向けていたのである。

「連れてきました」

南田が唖然《あぜん》とする俺を彼らの前へと連れて行く。

「こんばんは、田中さん。ご注文はいかがしましょう？」

東は笑顔でそう声をかけてきたが、他の二人は――南田も含めて三人は、怒りも露わに俺を睨んでいた。

「いや、注文っていうか、あの……この会合は？」

怒っている彼らに問うよりハードルが低い、と、東に問いかける。東は俺と、そして残りの三人を順番に見やると、やれやれ、というように肩を竦め口を開いた。

「西崎さんのお声がけの会合ということですよ。議題は辰巳智の件だとか」

「ええ？」

なぜここで辰巳の名が出てくるのか、と驚きの声を上げた俺に、東がにっこりと、いつもの優しげな笑みを向けてくる。

「まずはお座りください。ご注文は？」

「ご注文なんかより、ねえ、史郎、本当なの？　辰巳に目をつけられたって」

東の声にかぶせ、むっとしていることを隠《かく》そうともせずに北原が俺に問いかけてきた。

「ええっ⁉」

唐突《とうとつ》すぎる北原の問いかけに驚く俺の代わりとばかりに、西崎が即答する。

「本当だとさっきから言ってるだろう」

「じゃあなんだってそんな奴に史郎を紹介するんだよ！」

「奴がゲイなどという評判は聞いたことがなかった。史郎さんの仕事にプラスになると思ったからこそ紹介したんだ」

「ちょっと、どさくさ紛《まぎ》れに史郎って呼ぶなよな」

「そっちだって呼び捨てじゃないか」

北原と西崎の間でいきなり諍《いさか》いが始まったのを、東が制する。

「お二人とも、今はそんな場合ではないのでは？」

「そうですよ。今夜は今後の対策を練るために集まったんでしょう？」

横から南田も呆れた口調で二人を諌めた。

「……ああ、そうだな」

「わかってるよ、そんなこと」

西崎と北原はそれぞれに舌打ちすると、ふいとお互いから目を背《そむ》けそっぽを向いた。

「さあ、田中さん、座ってください」

自分の正面の、空いているスツールを東が示す。できることならこのまま踵《きびす》を返して店を出たいところだが、他の三人の厳しい表情を見るととてもそんなことは許されそうにない。仕方

なく俺はスツールに腰を下ろし、

「ご注文は?」

と問いかけてきた東に「ジンクを」と告げた。

「僕はドライマティーニ、おかわり」

「……じゃあ、俺はジントニックにする」

俺の両サイドを固めた西崎と北原も注文の品を口にし、西崎の隣に腰を下ろした南田が、

「僕はビールで」

とオーダーしたあと、改めて皆に向かい話し始める。

「話を戻しましょう。西崎さんの話では、辰己智があからさまなアプローチを課長にしかけてきているということでしたよね」

「いや、別にそんなことは……」

ないぞ、と言おうとした俺の声にかぶせ、西崎が激高《げっこう》した声を上げる。

「そうなんだ!　もう会った瞬間から目の色が変わったのがわかった。今、辰己はF駅周辺再開発という大型プロジェクトの設計を担当することが決まっていて、それをエサに田中さんを食事に誘ったんだ。しかも二人きりで!」

「卑怯《ひきょう》ですよね。課長が断れないのがわかっていて強引に誘うなんて」

「酷い奴だ!　史郎、断っちゃいなよ!!」

南田が、そして北原が憤慨し詰め寄ってくる。

「いや、別にそういうんじゃないから！」

実際、辰己が何を考えて俺を食事に誘ったのかは、本人に確認をとらなければ理由はわからないものの、現状としては『食事に誘われた』だけで、目の色が変わっただの、F駅周辺再開発をエサにだの、断れないのがわかっていて強引に誘うだの、そういった行動を辰己は少しも起こしていない。

全部西崎の思い込みじゃないか、と俺はそれを主張しようとしたのだが、その瞬間、店内にいた全員から、

「わかってない‼」

とまさに総突っ込みを受けてしまった。

「え？　ええ？」

あまりの気の合いように驚き、彼らを見渡した俺を、皆、身を乗り出し罵《のの》ってくる。

「どう考えても『そう』でしょう。だいたいなぜ辰己が自分のところにお願いにきたメーカーの課長であるあなたを接待する必要があるんです？」

「そうですよ。専務からの招待には乗らないが、課長を食事に誘いたいだなんて、理由は『下心』以外に思いつきませんよ！」

「すぐにも断っちゃえよ、史郎。危ないって！　酒に薬でも仕込まれたらどうするんだよ！」

「…………」

最後の台詞《せりふ》は北原だが、それはお前がしたことじゃないか、とつい白い目を彼に――そして同じことをした西崎に向けてしまった。

「あり得る！」

西崎が俺の視線の意味を察することなく、大きく頷く。

「いや、だから普通はそんなこと、ないんだって」

要は『お前らが普通じゃないんだ』と俺は主張したのだが、その『普通じゃない』彼らは皆、自分たちこそ『普通』という認識らしく、また、

「わかってない!!」

と全員から――その中にはなんと、東までもがいた――一喝《いっかつ》されてしまった。

「本当にもう、史郎は自覚がなさすぎるよ」

「だから危険な目にも遭うんでしょう」

零《こぼ》す北原に、東が頷いてみせる。

「どうしたら自分が歩くフェロモンだという自覚を持たせることができるんだろう」

「はあ？」

わけのわからないことを言いだした西崎に、素《す》っ頓狂《とんきょう》な声を上げたのは俺くらいで、残りは、

「それですよ」

「どうしたらいいのかなあ」

と、真剣に悩み始める。

「ちょ、ちょっと……」

誰が『歩くフェロモン』だ。ああ、そういや辰己にはそんな雰囲気《ふんいき》はあるが、と思いつつ、皆の馬鹿げた悩みを俺は打ち切ろうとした。

「…………」

「…………」

「…………」

「…………」

途端に彼らが一斉《いっせい》に口を閉ざし、俺へと視線を向ける。

「えーと……」

次の瞬間、また彼らは俺から視線を外し、それぞれを見渡したあと、よし、というように全員が頷いた。

「やはりここは身体で学習してもらうほかないな」

西崎の発言に、皆が大きく頷く。

「……え？」

意味がわからない、と眉を顰めたときには、西崎と北原の二人に、両側からがっちりと腕を組まれてしまっていた。

「え？　ええ？」

そのままスツールから引きずり下ろされると、カウンター越しに東が、

「上の部屋を使ってくださってかまいませんよ」

と声をかけてくる。

「上？」

戸惑《とまど》いの声を上げたのは俺くらいで、北原と西崎は、

「わかった」

「ありがとう」

とそれぞれ東に声をかけると、店の隅にあった狭い階段へと向かっていった。

階段の下に到着したところで、南田が背後から声をかけてきたかと思うと、

「僕が担《かつ》ぎましょう」

と疑問を覚えていた俺の身体を担ぎ、階段を上り始めた。

「おいっ？　なんだ⁇」

何がなんだかわからない。その一言に尽きた。が、階段を上りきったところで、南田の肩に担がれていたせいで彼の背中しか見えてなかった俺の視界がぐるりと回り、背中にマットレスを感じた途端――南田が俺を、その場にあるベッドの上へと下ろしたのだ――俺は自分の置か

れている状況をさすがに察せざるを得なくなった。

「北原君と東さんは足、南田くんは両手、押さえて」

その場の主導権を握っているのはなぜか西崎だった。てきぱきと指示する彼に、皆反発することもなく従い、抵抗する間もなく俺は彼らにより手足の自由を奪われていた。

「おいっ！　何する気だっ」

嫌な予感しかしなかったが、何か『それ以外』の可能性もあるのではと一縷《いちる》の望みを抱きつつ、覆《おお》い被《かぶ》さってきた西崎に向かって叫ぶ。

「言ったでしょう？　身体で学ばせるって」

西崎はさも当たり前のようにそう言ったかと思うと、素早く俺のネクタイを解き、続いてワイシャツのボタンを外していった。

「なんか、あんた、一番美味しいとこ持っていってない？」

俺の右足を押さえ込んでいた北原が西崎に不満げな声をかける。

「それじゃあ君は、下半身を脱《ぬ》がせればいい」

あっという間にシャツのボタンを外した西崎が振り返りもせずそう言うと、今度は手首のボタンを外し始める。

「じゃ、マスター、こっちの足、よろしく」

「わかりました」

勝手に人の服を脱がせるな、と暴《あば》れようにも暴れられないでいた俺の足のほうでそんな会話がかわされたかと思うと、北原が俺のベルトを外しにかかった。

「おいっ！　君たち！　やめなさいっ‼」

いくら喚《わめ》いたところで、がっちり押さえ込まれていては、暴れることもかなわない。

「手、抜くから一瞬だけ離してくれ」

「あ、はい。わかりました」

西崎と南田の絶妙《ぜつみょう》な連係《れんけい》で上半身を、

「せえの、で脱がせるよ」

「せえの、ですね」

同じく北原と東の息のあった作業で下半身を裸《はだか》に剝《む》かれ、今や俺は一人、ベッドの上で一糸《いっし》纏《まと》わぬ格好にさせられてしまった。

「おいっ」

四人の目が俺の、決して見事とは言い難《がた》い身体に痛いほどに突き刺さる。ごくり、とそれぞれに唾《つば》を飲み込むのがまた恐ろしく、俺は必死で身体を捩《よじ》り自由を得ようとした。

「どうする？」

「今更、あみだというのもなんだから、じゃんけんかな」

暴れる俺をさらりと無視し、四人が相談を始める。

「まあ、じゃんけんが妥当《だとう》でしょう」

東の言葉に他の三人は頷き、本当にじゃんけんを始めた。

「じゃんけんなんてしてないで、離せっ」

大の男が真剣な顔で「じゃんけんぽん」などと言っている光景はギャグでしかないが、勝敗がついたあとにその意味を知らされた俺にとっては、その『じゃんけん』は笑いではなく恐怖を呼んだ。

「一位が誠人君、二位が南田さん、三位が西崎さんで、負けが私ですね」

結果を口にした東が、ぐるりと三人を見渡す。

「一位はペニス、二位、三位はそれぞれ乳首、負けた私は足でも押さえていましょうか」

「うん、それでいい！　手は乳首の二人が押さえてよ」

北原が嬉々《きき》とした声を上げ、ベッドに上がり込んできた。

「わかった」

「惜しいな。僕もチョキさえ出していれば……」

南田と西崎がそれぞれそう言いながらやはりベッドに上がり、右手を南田が、左手を西崎が押さえながら俺に覆い被さってくる。

「じゃ、やろう」

一体何が始まるのかとびくびくしていた俺の耳に、下半身のほうから北原の声が響いた次の瞬間、いきなり三人がとんでもない行動に出始めた。

「おい……っ」

南田と西崎がそれぞれに俺の乳首を片方ずつ舐《ねぶ》り始め、北原はなんと俺の雄を口に咥《くわ》えてしまったのだ。

「よせって！　おい!!」

俺の口から悲鳴が上がった。なんだってこんなわけのわからない目に遭うのか。どう考えても異常だ、と、驚きと嫌悪《けんお》が上げさせた悲鳴だったが、意に反して俺の身体は敏感《びんかん》な箇所を同時に責められ、なんとも恥ずかしい反応を見せ始めた。

「……やめ……っ」

ろ、と怒鳴る声の語尾が震《ふる》える。ざらりとした南田の舌で執拗《しつよう》に右乳首を舐られ、左を西崎に指先できゅうきゅうと抓《つね》り上げられる刺激に、腰が捩れそうになる。

それと同時に、いつものように北原が巧《たく》みとしかいいようのない舌使いで雄の先端を責め立てながら、竿《さお》を勢いよく扱《しご》き上げてくる。三人が三人とも休む間もなく、しかも丹念《たんねん》すぎるほど丹念に舌を、指を動かす。絶え間ない、そして執拗な愛撫《あいぶ》に俺は一気に快楽の階段を駆け上らされていった。

「よせ……っ……あっ……」

三人がかりでの愛撫など、当然ながら体験したことはない。今まで得たことのない強烈な快感に俺は見舞われていた。

鼓動《こどう》は早鐘《はやがね》のように打ち、息が苦しくなってくる。薄く開いた目で見下ろした先、南田と西崎に舐られた乳首は真っ赤に色づき、尚も舐り、そして噛《か》まれるたびに、電流のような刺激が背筋を駆け抜けていった。

すっかり勃起《ぼっき》した雄を口から出した北原が、竿を舐り下ろしたあと、睾丸《こうがん》を順番に口に含む。そうして同時に、びくびくと震える雄の先端、先走りの液が滲《にじ》み出る穴を人差し指の爪で抉《えぐ》られると、強い快感に俺の口からは高い声が漏《も》れ、背が大きく仰《の》け反《ぞ》った。

「あっ……あぁ……っ……あっ……」

乳首だけでも、そして雄だけでも、受ける刺激は強烈なのに、それらが全部いっぺんに与えられるのだ。わけがわからなくなって当然だと思う。既に意識は朦朧《もうろう》とし、今にも達しそうになっていたが、北原がしっかりと雄の根本を握っているため達することができないでいた。

射精を阻《はば》まれた上で、胸を、雄を執拗に責められる、まさに甘美《かんび》な拷問《ごうもん》といってもいい行為は延々と続いた。意識はもう殆《ほとん》どなく、喘《あえ》ぐ自分の声を酷く遠いところで聞いていた。

「そろそろ、いかせてあげたらどうです?」

喘ぎの向こうで、胸を舐りながら喋る南田の声がする。いかせる、という単語を耳にした瞬間、達したくて達したくて堪《たま》らなくなった。

「いかせ……っ……あぁ……っ」

いかせてほしいと懇願《こんがん》するなど、普通の状態ではとても恥ずかしくてできないが、今の状況は『普通』とはかけ離れている。頭の中はぐちゃぐちゃで、身体の内部は沸騰《ふっとう》しそうなほどに熱していた俺にはもう、羞恥《しゅうち》の心は欠片《かけら》ほども残っていなかった。

「本人も望んでますし」

ごくり、と南田が唾《つば》を飲み込みそう言ったあと、強く俺の乳首を嚙む。

「あぁっ」

痛みすれすれの快感に、また俺の背は仰《の》け反《ぞ》り、腰が大きく捩れた。

「……どうする？　いかせる？　でも、もうちょっと見てたいよね」

ぺろぺろと竿《さお》を舐め上げ、睾丸《こうがん》を揉みしだきながら、北原がうっとりした声を出す。

「こんなに乱れてる史郎、滅多《めった》に見られないし」

「動画に残したいな」

ぼそり、と西崎が告げ、きゅうっと俺の乳首を抓《つね》る。

「やぁ……っ」

「でもいかせるとインターバルおかないといけなくなるよね」

「ああ、そうか。それはちょっともどかしいな」

「それじゃあ、もう少し、堪能《たんのう》させてもらうということで」

皆が皆、手や口を休めず会話をした結果、『いかせる』という選択肢はなくなったらしい。

「あぁ……っ」

了解、とばかりに頷き合ったあと、三人が三人とも、それまで以上にそれぞれの受け持ち箇所への愛撫に集中し始めたため、俺の身体を苛《さいな》む快感は更に増すこととなった。

「もう……っ……あぁ……っ……いきたい……っ……いかせて……っ……くれ……っ」

ストレートな懇願も聞き入れられる気配はない。乳首はもう真っ赤に染まり、舌先でつつかれるくらいの刺激にも反応してしまう状態となっているというのに、南田も西崎も、強く噛んだり爪を立てたりと、尚も強い刺激を与え続ける。

北原は北原で、尿道《にょうどう》をぐりぐりと爪で抉りながら、竿を勢いよく扱《しご》き上げてきて三者三様の愛撫に俺は、このままではもう失神してしまうというところまで追い詰められていた。

「おいっ」

と、左胸が不意に外気にさらされたと同時に西崎の怒声が響き、切れかけてきた俺の意識の糸が繋がった。

「何してるっ」

続いて右胸からも舌の感触が消えたかと思うと、南田の怒りを含んだ声が聞こえる。

「……っ」

はっとし、見下ろした先では、今まさに北原が俺の両脚を抱え上げようとしていた。彼のジーンズのファスナーは下りていて、そこから勃起した雄が覗いている。

「何って、挿《い》れるんだけど」

さも当たり前のようにそう言い、北原が雄の先端を俺の後ろへと押し当てようとする。

「ちょっと待て！　どうしてお前がっ」

「冗談じゃないっ」

俺の腕を離した南田と西崎が、北原に飛びかかりそれを制した。

「なんでだよ。俺、じゃんけんに勝ったじゃん」

「あのじゃんけんはポジションだ。挿入《そうにゅう》は再度勝負が必要だろう」

「そうだそうだ」

二人が北原を俺から引き剝《は》がし、小突き始める。

「面倒じゃん」

「全然面倒ではありません」

口を尖《とが》らせる北原に、横から東が口を出した。

「東さん、足を押さえる係だったろ？　どこ行ってたんだよ」

「てか、東さんも参加なの？」

西崎がクレームをつけ、南田が驚いた声を上げる。

「すみません、ドアに『closed』の札を下げてくるのを忘れてしまって。それから南田さん、あなたこそ参加なんですか」

「参加するに決まってます」

「ちょっと待ってよ、あのね、史郎はもう俺のものなの」

「若造が何を言ってる！」

「若造って何時代の人だよ」

四人とも、俺をそっちのけで言い争いを始めたのをいいことに、俺は手早く上着を羽織りスラックスに脚を通すと、気づいた彼らが、

「あ！」

「田中さん！」

とかける声を背に部屋を飛び出していた。

「待って！　史郎！」

「待ってください！」

追ってくる彼らを振り切り、ドアを飛び出して、ちょうど前を通ったタクシーの空車に手を上げる。

間一髪《かんいっぱつ》のところで車に乗り込み、

「とにかく出してくれ！」

と運転手に怒鳴ると、訝りながらも運転手は車を急発進してくれた。

「田中さーん！」

「史郎ーっ!!」

リアウインド越し、喚く西崎に北原、それに東と南田の声が響いてくる。

「お客さん、どちらまで?」

まだ俺は半裸のような状態だったため、運転手がバックミラー越しにちらちらと後部シートを窺《うかが》っている。

「すみません、荻窪まで……」

慌てて服装を整えながら愛想《あいそ》笑いを返したが、運転手の印象を好転することはできなかったようで、返事もそこそこに彼は運転に集中し始めた。

ようやくシャツのボタンもはめ終え、やれやれ、と背もたれに身体を預けて溜め息をつく。まったく、酷い目に遭った、と先ほどまで自分が置かれていた状況を思い出し、あまりのえげつなさにぶるっと身震いしてしまった。

いきたい、いきたいと叫んだ自分の姿を思い浮かべるにつれ、自己嫌悪の念に苛まれると同時に、とんでもない行為をしかけてきた彼らに対する怒りがふつふつと込み上げてくる。

何が『身体で学ばせる』だ。今日、北原が帰ってきたとしても決して家になどあげてやるものか。そうだ、いっそのこと彼の荷物をドアの外に放り出しておいてやろうか。

本当にもう、冗談じゃない。込み上げる怒りのままに、右の拳《こぶし》を左掌に打ち付ける。と、また、運転手が訝しそうな目をミラー越しに向けてきたので、通報でもされたら堪らない、と愛《あい》想笑《そ》いを浮かべたあとには、寝たふりをしてしまおうと腕を組み目を閉じた。

閉じた瞼《まぶた》の裏に、北原や西崎、それに南田と東の顔が次々浮かび、またも理不尽《りふじん》な彼らの行動に対する怒りが込み上げてきたが、それを発散させるのは自宅に戻ってからだ。

そう自分に言い聞かせる俺を乗せたタクシーはその後渋滞《じゅうたい》にはまり、俺を更にイライラさせてくれたのだった。

4

「……おはようございます」

出社した俺に、南田がおそるおそる、といった感で声をかけてくる。

「…………」

あまりに腹立たしかったので俺は挨拶を返すこともせず、そのまま席につきパソコンを立ち上げた。

「昨夜《ゆうべ》は本当に申し訳ありませんでした」

まだ課員が誰も出社してきてなかったからだろう、南田が俺のデスクまで駆け寄ってきて、深く頭を下げる。

「いいから席に戻れ」

課員はいないが、部員はちらほらいる。何事かと思うだろう、と俺は南田に低く命じると、あとは彼を無視し、メールのチェックをし始めた。

いつもであれば『西崎からメールがきていませんか』と画面を覗き込んでくる南田も、よほど反省しているのか、言われたとおりにおとなしく席に戻りしょぼくれていた。

当然だ、と、ぶり返してきた怒りを堪《こら》えつつメールをチェックする。そこには昨夜も携帯にうざいほど何回もメールをしてきた西崎から、十通もの謝罪メールが入っていた。

開くまでもなく文面はわかる。が、万が一仕事の用件が入っていたらまずいことになる、と一応メールを開くが、仕事のことなど一行もなく、くだくだと謝罪の言葉が書かれていただけだった。

腹立つままにメールをまとめて削除《さくじょ》したところで、今度は南田からメールがきた。これも開くと言い訳と謝罪で、昨夜は自分もどうかしていた、あのようなことは今後一切しないから許してほしい、ただ、辰己はやはり怪しいので充分注意してほしいと、西崎と申し合わせたのではないかというくらいに同じ内容が書かれていた。

本当にどいつもこいつも、とメールをゴミ箱に放り込むと、仕事へと意識を集中させることにした。

もともと俺は機嫌の悪さを翌日まで引きずるタイプではない。まあ、今回はことがことだから、というのもあるが、それ以外に俺の機嫌が今朝《けさ》になっても最悪なのには理由があった。

昨夜、北原が帰宅しなかったのだ。

帰ってきたとしても家に入れるものかと息巻いているのがわかったのか、北原は一度俺の携帯に電話を入れてきたものの、出ずに無視していると留守電を残すこともなく切り、連絡をしないまま外泊したのだった。

おかげで俺は、怒りの持って行き場をなくした状態で彼の帰宅を夜通し待つという、更に怒りを煽《あお》られる状況に陥っていた。

だから子供はいやなんだ。社会人であれば、たとえ叱責《しっせき》を受けることがわかっていたとしても、黙って帰らない、なんてことはしないだろう。

嫌なこと、困ったことから逃げる、その姿勢が気に入らない。だいたいなんだって俺が——怒りまくっているはずの俺が、寝ないで奴の帰宅を待ってしまったんだ、と、夜明けと共に俺の怒りは頂点に達し、それを未だに引きずっているというわけだった。

もう知らん、と、北原の荷物を全て放り出そうかと思ったが、労力を使うのが惜しくなり、机の上に『出ていけ』とメモだけ残して家を出てきた。あれを見てさぞ青ざめるだろうと思うと少しだけ溜飲《りゅういん》が下がったが、すぐに怒りはぶり返した。

困難と正面から向き合うのが大人だろうが！　学生とはいえ北原も二十歳を超えている。それをなんだ、と、またもムカムカしてきてしまった俺は、部長に呼ばれていることに気づかなかった。

「課長、部長が……」

席を立ち、慌てて俺の肩を叩いてくれた南田のおかげでそれに気づき、彼以上に慌てて部長の席へと駆け寄っていく。

「失礼しました。なんでしょう」

「朝から仕事に集中するとはいいことだよ、田中君」

俺の失態《しったい》に対し、部長はどこまでも寛容《かんよう》だった。理由は勿論、辰己との会食が控《ひか》えているからだ。

「辰己智との会食だが、手土産を用意した方がいいと思うんだ。彼クラスだとどの程度のものがいいかまるで検討がつかないが、とりあえず商品券で五万準備する。それを明日、持参してほしい」

「わかりました」

五万といえば、重要取引先の役員クラスに渡す数字だと、心の中で感心しながら返事をした俺に、部長が無茶ぶりをしてくる。

「商品券以外に辰己さんが喜びそうなもの、聞き出すことはできないかね？」

「……すみません、昨日会ったばかりですので、ちょっと難しいかと……」

「ああ、それはそうだよな。聞いて機嫌を損《そこ》ねられても困るし……」

普段であれば、即、叱責となるであろう言葉を告げても、部長は百パーセント俺を支持し、わかったわかった、と頷いてみせる。

それだけ辰己の名は有効ということだろうと思うと、もし彼との会食を終えてから結果を残せなかったらどうなるかを考えただけで背筋が凍《こお》った。

「よし、やはり商品券にしよう。佐古《さこ》君に買いに行かせるよ」

それじゃ、よろしく、と部長は俺に笑顔を向け、俺も部長に笑顔を返し席へと戻った。

「なんでした？」

南田が心配そうに問いかけてくる。あまり不機嫌を引きずるのも大人げないかと思えるようになっていた俺は彼に、先ほどの礼を言いがてら、部長の用件を簡単に説明した。

「明日、手土産を持っていけだと」

「部長も必死ですね……」

南田が心持ちホッとした様子で言葉を返してくる。

「まあ、気持ちはわかるよな。F駅周辺再開発を独占なんてことになれば、予算が倍に跳ね上がるんだし……」

さすがに独占は難しいと思うが、と言葉を続けた俺を、南田が思い詰めた目で見つめ口を開いた。

「もしも一社独占をほのめかされたとしても、よろめかないでくださいね……っ」

「…………………」

『よろめく』ってなんだ、と冷たい目を向けたのに、南田は尚も切々《せつせつ》と訴えてきて、俺を辟易《へきえき》させた。

「何億の予算よりも、ご自分を大切にしてください。課長の貞操には百億の――いえ、それ以上の価値がありますので……っ」

「いや、ないし」

こんなおっさんの『貞操』に誰が百億も払ってくれるんだ。俺は至極《しごく》まっとうなことを言ったつもりだったのに、それを聞いて南田は顔面蒼白《がんめんそうはく》になった。

「……課長、自分を大切にしてください……」

「だから意味、わからないし」

いい加減にしろ、と南田を睨み、席に戻るよう目で促す。

「辰己に誘われても、決して乗らないでくださいね」

殆ど涙目になりながら南田がそう言い、立ち去っていく。全く何を考えているんだとぶつくさ言っていた俺の目に、新着メールが届いた表示が飛び込んできた。

誰からだとメールを開くと、噂の主、辰己からで、もしや予定変更では、と焦ってメールを開く。

『田中君、おはよう。明日の夜が楽しみすぎるよ。店のURLを送る。六時半スタートで大丈夫かな？』

俺たちは友達ですか——そう問いたくなるようなフレンドリーな文面には違和感ありありだったが、敢《あ》えてそこはスルーし、俺はすぐさま返信した。

『メールありがとうございます。六時半スタートで大丈夫です。楽しみにしております』

送信ボタンを押したあと、張ってあったリンクの店を見て愕然《がくぜん》とする。そこは俺でも、超高級、かつ予約が非常に取れない店だということを知っていた。

こんな凄い店に招待してくれたのか、と驚くと同時に、そのことについても礼を言うべきだったと後悔する。

だが今更言うのもなんだし、と新たにメールすることを躊躇《ちゅうちょ》していた俺の目にまた、新着メールのサインが映った。

もしや、と思いつつ開くと、半ば予想していた辰己からだった。

『僕は君の百倍楽しみにしている』

「…………」

文面を読むまでは、この返信に『このような素晴らしい店にご招待いただきありがとうございます』系の礼を書こうと思っていたのだが、読んでしまったあとではちょっと打ちにくくなり、ただ『光栄です』とだけ返すに留めた。

まさか――まさか、だよな。

きっとからかわれているんだ。それ以外の可能性などあり得ない。俺は必死で自分にそう言い聞かせると、立ち上る嫌な予感から目を逸《そ》らしつつ、仕事に意識を集中させていった。

その日はほぼ一日、明日の辰己との会食に向けての準備に時間を費やし、気づいたときには時計の針は午後八時を回っていた。

そろそろ帰るか、と伸びをした俺に、南田が声をかけてきた。

「あの、課長」

「ああ、なんだ、まだいたのか」

周囲を見回すと、フロアにはもう誰も残っていなかった。もしや俺が終わるのを待っていたのかと問おうとした俺の声にかぶせ、南田の真摯《しんし》な謝罪が響く。

「本当に申し訳ありませんでした」

深く頭を下げる彼に対する怒りは未だ治まっていなかった。が、共に仕事をする身、いつまでも怒りを引きずっているのも何かと、俺は彼の謝罪を受け入れることにした。

「もういいよ。でも、言うまでもないが二度とするなよ?」

溜め息混じりにそう言うと、南田がほっとしたように顔を上げ、はあ、と息を吐き出した。

「よかった。もう一生、親しく口をきいてもらえないいんじゃないかと思ってました」

一応、それだけのことをしたという自覚があったんだとわかると、彼への怒りも少し治まった。

「本当に申し訳ありません。どうかしてたんです。ああいうの、集団心理っていうんでしょうかね」

南田がちらちらと俺の顔色を窺いながら、言い訳をし始める。聞けば聞くだけ怒りが再燃しそうな気がしたので「もうその話はいいよ」と遮《さえぎ》ろうとしたのだが、南田の口から北原の名が出たのに、俺はつい注目してしまった。

「北原君も西崎さんも真《ま》っ青《さお》になってましたよ。まあ、北原君はあれからすぐに帰ったけど、西崎さんと僕と東さんでいかにして課長に許してもらうか、随分遅くまで反省会をやっていて……」

「北原君、帰ったんだ？」

ついそこで問いを挟んでしまったのは、『帰った』はずの北原が戻ってこなかったためだった。それを南田は、北原は反省が足りないと俺が怒っていると思ったようで、

「そうなんですよ。どこからか電話がかかってきてたみたいでしたが、それを切ってすぐに『帰る』と店を飛び出していきましたよ」

と、少し意地の悪い顔で教えてくれた。

「彼はあまり気にしてなかったのかもしれません。僕たちは皆、心から反省していましたが……」

「……もういいよ。その話はやめよう」

そこで話を打ち切ったのは、やはり聞いているうちに不機嫌になったから――ではなかった。

「あ、はい。本当にすみません」

南田がはっとした顔になり、慌てて頭を下げる。

「それじゃ、お疲れ」

俺は手早くパソコンの電源を切ると席を立ち、何か言いたげな南田を残してフロアを出た。

北原は昨日、たいした反省をした素振りもみせず、どこからかの電話を受け店を出ていった。『帰る』と言っていたというが、家に帰ってきた様子はない。

一体どこに行ったんだ？　どこに彼は『帰った』というのか。

気づけばそのことばかりを考えている自分がいて、それに気づくとなんだかいたたまれない気持ちになった。

別に北原がどこに行こうが帰ろうが、俺には関係ない。だいたいあんなことをしておいて、反省もしていないという、その感覚がもう信じられない。

どこに『帰った』かは知らないが、それならそこにずっといればいい。なぜか怒りを覚えつつ、社を出て駅へと向かった俺の視界を見覚えのある男が過《よ》ぎった。

長身の、最早死語だが『ヤンエグ』を絵に描いたようなサラリーマンである。もや、とした思いが胸に込み上げてきたのは、彼から何をされたわけではないが、俺にとってはそうそういい感情を抱けない相手であるためだ。

そう、今、俺の視界を過ぎり、一足先に駅へと向かって歩いている男は、俺に散々貢がせてふったもと部下、西崎美鈴の現在の夫であり、そしてかつて北原をその結婚のために捨てたという、守谷透だった。

　こういう日に限ってどうして腹立たしい奴の顔を見なきゃならないんだ、と舌打ちしたい気持ちを堪え、いっそ追い越してやろうかと歩調を速める。が、そのとき、不意に守谷が駆け出したものだから、なんだ、と俺はつい彼に注目してしまった。

　誰かと待ち合わせをしていたのか、道を駅とは反対側に折れていく彼の向かう先を見た俺の足が完全に止まる。

　駆け寄る守谷に手を上げ、腰を下ろしていたガードレールから立ち上がったのは――北原だった。

　そのまま北原は守谷に背を抱かれるようにして、駅とは反対方向へと進んでいく。

「…………」

　ヨリを戻したのか？

　昨日、北原にかかってきた電話というのは守谷からで、その後二人はヨリを戻したのだろうか。北原が『帰った』のは守谷の家だったのか？

　待て、守谷の家には美鈴がいるはずだ。

　ということは不倫《ふりん》――？

　これはこのまま放置していいのか、と思わずあとを追おうとしたが、ふと、俺には関係ないじゃないか、と気づいた。

不倫なりヨリを戻すなり、勝手にすればいい。肩を寄せ合うようにして並んで歩いている二人の後ろ姿が次第に人波に紛《まぎ》れ、見えなくなる。

思い返してみれば、北原に『好きだ』と告白されたのも唐突すぎるほど唐突だった。そんな彼であるから、別れようと決めたら唐突に行動に移してもおかしくはない。

せめて『別れよう』の一言くらい、相手に言うのが礼儀ってもんだろうが、とは思うが、今時の若者はそうした礼儀を重んじない傾向にあるのかもしれない。

そのうち、ほとぼりが冷めた頃、家に戻ると彼の荷物が消えていて、渡していた合い鍵《かぎ》が机の上に置かれている、なんて状況になるのかも、と、思わずその光景を想像する俺の口からは、自分でも驚くような大きな溜め息が漏れていた。

胸の中にぽっかりと穴が空いたような空虚感《くうきょかん》が漂《ただよ》っているのがわかる。

なぜ、こんな気持ちにならねばならないのだ。別に北原を好きだというわけでもなかっただろうに——溜め息ではなく敢えて大きく息を吐き出すと、家に帰るべく地下鉄の駅へと向かい歩き始めた。

なんということはない。もともと北原に押しかけられ始まった同棲生活だ。明日からまた三ヶ月前の生活が戻ってくる、それだけの話だ。

何を必死に自分に言い聞かせているんだか、と自身に呆れる余裕すら失っていた俺の頭にはそのとき、肩を寄せ合い歩いていく北原と守谷の、二人していかにも今時の若者といった感じのすらりとした後ろ姿が浮かんでいた。

翌日、本部長は俺を二度も部屋へと呼びつけ、辰己との会食の準備に漏れがないかを確認してきた。

そのたびに俺は用意した書類を見せ、準備万端であることをアピールしたが、本部長の不安は尽きないようだった。

「絶対に次に繋ぐんだ。今度は私が辰己さんを招待する。いいな？」

「はい、わかりました」

何回聞かされたかわからない命令に対し、そのたびに俺は頷き、任せてください、と胸を張ったが、実際のところ、そうできるかの自信は二割程度しかなかった。

夜、本部長は自分の車を使えと俺に秘書経由で連絡してきた。とんでもない、タクシーでいきますと固持し、俺は辰己に指定された青山のレストランへと向かったのだった。

会社を出る際、南田は思い詰めた顔をし、

「くれぐれも、自分を大事にしてくださいね」

と訴えかけてきた。

「馬鹿を言うな」

人目を気にし、小声で叱責すると彼は更に思い詰めた顔になり、

「約束してください、絶対ですよ」

としつこく確認を取ってくる。

「くだらない」

それより仕事をしろ、と言い捨て、痛いほどの南田の視線を背に浴びながら社を出てきたが、まさか俺も、待ち合わせたレストランで南田の言うような『自分を大切に』せねばならない事態が待ち受けているとは、予想だにしていなかった。

レストランというより、料亭といったほうが相応しい佇まいの店に到着すると、約束より十五分前に到着したというのに、既に辰己は席についているということで、俺は慌ててしまった。

「ご案内いたします」

先導に立ったのはどう見ても仲居ではなく女将《おかみ》だ。それだけ辰己が上客ということなんだろうが、それにしても辰己を待たせてしまうとは、と内心焦りまくりながら俺は女将のあとに続き、奥まった座席へと向かった。

「お連れ様、ご到着です」

襖《ふすま》の向こうに女将が声をかけ、すっと開く。

「やあ、田中さん、よく来てくれました！」

座敷で寛いでいた辰己が立ち上がり、俺に笑顔を向けてきた。

「申し訳ありません、お待たせしまして……」

「いや、まだ時間前だよ。僕が楽しみすぎて早く来ただけだから」

恐縮する俺を中へと導き、上座に座らせようとする。

「い、いえ、こちらで……」

「いいから、さあ」

辰己は強引に俺を座らせると、女将に向かい、

「それじゃあ、田中さんに飲み物、聞いてくれる？」

と、女性なら誰でもぽうっとしてしまうような、極上の笑みを浮かべた。

「かしこまりました」

女将が心持ち頬を染めつつ頷き、俺に問いかけてくる。

「お飲み物は何にいたしましょう。ビール、日本酒、シャンパン、ワイン、なんでもご用意できますが」

「そう……ですね……」

辰己はワインが好きだというが、和食ならやはり日本酒か。最初はビールで乾杯というのが定番なのでそうするか。いや、待てよ、と俺は辰己がそれまで何を飲んでいたのかと彼の手元を見やった。

どう見てもシャンパンに見える。すると俺の視線を追い、辰己がグラスを手に取った。

「君を待っている間、今夜の会合を一人祝してシャンパンを飲んでいたんだ。君もこれにするかい？」

「あ、はい。そうします」

やはり同じがいいだろう、と頷いた途端、辰己が酷く嬉しそうな顔になった。

「君も僕と過ごす夜を祝う気になってくれているんだね」

「……はい、まあ……」

『夜』という表現がなんだかとっても嫌だと思いはしたが、それを口に出すことはできず、俺は曖昧《あいまい》に頷くと、女将が大急ぎで用意したシャンパンのグラスを手に取り辰己に向かい掲げてみせた。

「本日はお招きありがとうございます」

「二人の夜に」

乾杯、とそれぞれ唱和し、グラスを口に運ぶ。

すぐに料理が運ばれ始めたが、これだけ凝ったものだと料理の説明がありそうなものなのに、仲居たちは皆手早く配膳《はいぜん》を済ませ、そそくさと部屋を出ていった。

その間、辰己は上機嫌にずっと喋り続けていた。話題がF駅周辺再開発のことだったのは大変ありがたく、このたび決定になったという商業施設の規模と概要、それにオフィス棟についての情報など、得たくてたまらなかったそれらを俺は、辰己に許可を得、ポケットから取り出した手帳にメモしていった。

俺は辰己に、自社の空調機器についての説明を聞きたいから、という理由で呼び出されたはずなのに、彼は空調機器についてはまるで興味の欠片《かけら》もないようで少しも話題がそっちへいかない。

このまま自社製品のアピールを出来ずに散会となったらまた上司に叱責される。このあたりでそろそろ話を振るか、と俺は辰己の話が途切れるきっかけを待った。

ようやく話の切れ目を見出せたのは、デザートが運ばれる頃となってしまった。

「すっかりおしゃべりが過ぎた。退屈してないかな?」

にこにこ笑いながら問いかけてきた辰己を、

「とんでもない。とても参考になりました」

と持ち上げたあと、このチャンスを逃すまじ、と話を振る。

「F駅周辺再開発プロジェクトに、是非とも当社の製品を導入いただきたいのですが、メーカー選定の時期はいつ頃に……」

なりますか、と続けようとした俺の言葉を、辰己があっさり遮る。

「いいよ。空調機器はすべて君の社の製品を導入するよ」

「…………え?」

今、俺は幻聴《げんちょう》を聞いたのだろうか。そうとしか思えず、つい問い返してしまった俺に、辰己が心持ち身を乗り出し、にっこりと笑いかけてきた。

「だから『いいよ』と言ったんだよ」

「……あ、ありがとうございます……？」

シャンパンのあと、辰己のリクエストでワインをボトルでオーダーしていた。俺はメモを取るのに夢中だったため、殆ど一本、辰己が空けた状態だったが、もしや彼は今、相当酔っているのか、と、礼を言いながらもつい顔を見てしまう。

酔っていなければ、こうもあっさり『いいよ』などと言うはずがない。後日、酔った上での冗談だと笑われたり、まったく覚えていないとかわされる可能性大だな、と思っていたのが顔に出たのだろうか、辰己はぷっと吹き出すと、悪戯《いたずら》っぽい目を俺へと向けてきた。

「田中さん、今、あなた、僕が泥酔《でいすい》して、適当なことを言っているとでも思っているんだろう？ 明日になったら全てを忘れてる、とか」

「い、いえ、そんな……っ」

図星を指され、慌てて否定した俺を見て、辰己が楽しそうな笑い声を上げる。

「大丈夫だよ。ワイン一本くらいで酔いはしない。それに、F駅プロジェクトに君の社の製品を導入するために、今夜、こうして席を設けたんだからね」

「……はあ……」

実際、目の前の辰己は酔っているようには見えなかった。が、話の内容はどう考えても酔っ払った人間のものとしか思えない。

だいたい、当社製品を採用してくれるために、今夜俺との会食をセッティングしたという、その言葉の意味がわからない、とつい眉を顰めてしまったが、そんな俺の前で辰己は席を立つと、机を回り込み、俺の隣に腰を下ろした。

「あの……？」

肩に手を乗せられ、顔を覗き込まれる。なんだかとんでもなく嫌な予感がする。もしやこの展開は、と恐る恐る辰己の顔を見返す。

「すべては君次第だ」

辰己が、ぽん、と俺の肩を叩くと、さあ、と微笑み立ち上がった。俺にも立てということかと察し、席を立つ。

辰己が真っ直ぐに、女将らが出入りした廊下側ではなく、部屋の奥にある襖の方に進んでいくと、その前に立ち俺を振り返った。

「君の返事次第で、F駅周辺再開発プロジェクトの空調機器は――いや、昇降機でもなんでも、リクエストがあるものすべて、君の社の製品を採用する」

「……返事、とは……？」

まだ何も質問されていないと思うのだが、聞き漏らしでもしたのだろうか、と案じつつ問い返した俺に向かい、辰己はニッと笑ったあと、やにわに背後の襖を勢いよく開いた。

「……げっ」

思わず俺の口から、堪えきれない声が漏れる。

襖の向こう、小さな明かりに照らされた部屋には、時代劇さながら、紅《あか》い絹《きぬ》の布団が二枚、ぴったり並べて敷いてあった。

「君が僕の意のままになるというのなら、ね」

呆然とする俺の肩に、辰己の腕が回る。

いつの間にかすぐ横に来られていたことにぎょっとし、見やった先には辰己の端整な顔があった。

とても冗談を言っているようには見えない上に、スタイリッシュなフレームの眼鏡越しに見える彼の瞳には欲情の焔《ほむら》が燃えている。

何がなんだかわからない、などとは言っていられない状況ではあったが、展開についていかれないあまり俺は阿呆のようにあんぐりと口を開けたまま、その場に立ち尽くしてしまっていた。

5

「さあ、どうする？」

立ち尽くす俺の顔を覗き込み、辰己が問いかけてきた。

「……あの…………」

目の前には布団、そして肩を抱かれ、顔を寄せられているという状況、これらから鑑《かんが》みると、辰己の言う『僕の意のままになる』の意味は即《すなわ》ち、性的なものだと予想できる。

九十九パーセント、間違いはないだろうとは思うが、一パーセントでもそれ以外の可能性はないだろうか。俺は恐る恐る辰己に確認を取った。

「『意のままになる』とは、どういう意味でしょうか」

「…………」

辰己が一瞬、きょとんとした顔になったあとに、いきなりげらげらと笑い出す。

「君は可愛いね。天然、とでもいうのかな」

あはは、とそれは楽しげに笑いながら、辰己はそれこそ唇と唇が触れあうほどに顔を寄せてくると、ぎょっとして身を引こうとした俺をじっと見つめ囁《ささや》きかけてきた。

「まさか本当にわからないというわけじゃないよね？」

「……いや、その……」

わかりたくなかったが『わからない』わけじゃない。しかしここで頷くと、申し出を受けるか断るかの選択をせねばならなくなる。それゆえ俺は思いっきり躊躇《ちゅうちょ》した。

このような状況になってから思うことじゃないかもしれないが、それにしても本当に信じがたい。その一言に尽きた。

辰己のようなカリスマ設計士が——しかも本人、超がつくほどイケメンでスタイルもよく、富も名誉も、万人が羨むありとあらゆるものを持ち合わせている男が、なぜ、俺など相手にするのか。

これは盛大なドッキリで、冴《さ》えないおっさんをからかってやろうという辰己の悪戯だと言われたほうが、よほど納得がいった。

しかし肩に食い込む辰己の指には熱がこもっているし、俺を見つめる彼の瞳にはしっかり、やる気が溢《あふ》れているように見える。

「わからないというのなら、ストレートに言うよ」

黙《だま》り込んだ俺に焦《じ》れたらしく、辰己が口を開く。

「僕の意のままになるというのは、君の身体を自由にさせてくれという意味だ。更に赤裸々《せきらら》に言えば、君を抱きたいという意味だ。さあ、どうする？　田中さん。イエスかノーか、十秒以内に答えてもらえるかな?」

「十秒は無理ですっ!」

俺が叫ぶより前に、辰己がカウントダウンを始める。

「十、九、八……」

「ちょ、ちょっと待ってください、辰己さん、本気なんですか」

カウントを止めたくて俺は彼に必死で話しかけた。

「本気じゃなかったら、わざわざこんな場、セッティングするわけないだろう?」

辰己は一言で答えると、また、

「七、六」

と数を数え始める。

「ま、待ってください! 一日、一日考えさせてもらえませんかっ」

十秒でなど、決められるわけがない、という俺の主張は至極まっとうだと思うのだが、辰己はまたも一言、

「駄目だ」

と笑顔で首を横に振り、

「五、四」

とカウントダウンを続けていく。

「ま、待ってください。どうしても信じられないんです。辰己さんのような人が俺ですか？　もっと若くてピチピチしたイケメンのほうが、辰己さんには相応しいと……っ」

イエス、ノー、どちらかを決める、それ以前の段階に俺はいた。時間稼《かせ》ぎでしかないと思いつつも本音を告げると、辰己は、何を馬鹿な、と言わんばかりに目を見開き俺の肩を抱く手にぐっと力を込めてきた。

「僕は君がいい。一目見たときから、どうしたら君を手に入れることができるか、そればかり考えていたんだ」

わからなかった？　と、微笑み、俺が答えるより前にまた、口を開く。

「三、二、一」

「ちょ、ちょっと待ったーっ」

ゼロ、と言われる前に俺は慌てて叫ぶと、再び、

「すみません！　もう少し、考えさせてくださいっ」

そう言い、深く頭を下げた。

「何億もの発注を君にプレゼントするというのに躊躇するとは、君にとって僕はそこまで魅力《みりょく》のない男なのかな？」

辰己が幾分憮然とした様子で俺に問いかけてくる。

「ぎゃ、逆です！」

何億もの注文はほしい。が、それと引き替えに抱かれろ、というのは男としてはやはり抵抗があった。

その辺の気持ちをわかってほしいと、おそるおそる言葉を足す。

「あの、同性に抱かれるということに、なんと申しますか、躊躇いがあって……」

「その気持ちはわかるけれど」

それを聞き、にっこり、と辰己がいかにも嬉しそうに微笑みかけてきた。

「え」

「誰しも、初めての経験というのは躊躇うものだ。でもね、田中さん」

ここで辰己はまた一段と俺の肩を抱く手に力を込めると、キスしそうないきおいで唇を近づけ囁いた。

「君の『初体験』を僕は最高のものにしてみせる。だから安心して身を任せてくれていいんだよ」

「……あ、あの……」

ぶっちゃけ、俺の『初体験』は三ヶ月も前に終わっていた。辰己は俺が未経験と思い込んでいるし、それを言えば少しは彼の気が削がれるだろうか、という考えがぱっと閃く。

が、気が削がれた結果、やっぱり全量発注の話はなかったことでとなる危険はあった。どうするか、という迷いがどうやら俺の顔に出たらしい。

「どうした？　何か言いたいことでもあるのかな？」

またも、にっこり、と優しく微笑み、辰己が俺の目を覗き込んできたあと、はっとした顔になった。

「……もしや君、初めてじゃないのかい？」

「え」

なんて鋭《するど》い――そう驚いている場合ではなかった。

「なんだ、違うのか」

あからさまにがっかりした顔になった辰己が、俺の肩から腕を解く。

これで発注の話もなくなった。マズい、と思いはしたが、自分が安堵しているのもまた事実だった。

「……申し訳ありません……」

詫びたあと、帰れと言われるだろうからとっとと帰ろう。手土産に持ってきた商品券は女将に頼んで渡してもらおう――これから起こるであろうことをシミュレートしていた俺の耳に、やけにさっぱりした辰己の声が響いた。

「それならそれで別の楽しみ方はあるからね」

「……え……」

やる気が失せたどころか、更に目を輝かせる辰己の姿に、俺は思わず唖然としてしまった。

「ああ」

と、辰巳が何か思いついた顔になったかと思うと、眉を顰め問いかけてきた。

「君の躊躇いはもしや、今、決まったパートナーがいて、その相手に対しての罪悪感ということかい？」

辰巳の問いかけに、はっとして視線を彼に戻した俺の脳裏に、北原の顔が浮かんだ。

『史郎！』

毎晩のように俺を求めてきた彼は、まさに『決まったパートナー』といえるだろう。いくら億単位の注文のためとはいえ、辰巳に抱かれるとなれば、北原を裏切ることになる。

俺の躊躇いはそこにあったんだろうか、と考えていた俺の頭に、ふと、北原が元カレである守谷と肩を並べ街中に消えていく後ろ姿のイメージが浮かんだ。

「…………」

北原が元カレとよろしくやっているというのに、その彼に対して俺が申し訳なく思う必要は果たしてあるのか？

頭の中をぐるぐると様々な考えが巡《めぐ》っていた。

本来であれば、発注と引き替えに抱かれるなど人道的見地からみてどうなんだ、とか、男としてのプライドを売り渡していいのかとか、そういったごくごく常識的判断から、辰巳の申し出を受けるか否かを迷うべきだろうに、北原に対して悪いかどうかを考えるなど普通じゃない。

まあ、この状況が普通じゃないといえば普通じゃないのだが、ともあれ、少しも考えをまとめることができずにぐるぐる悩んでいた俺は辰己の、

「やっぱりそうなのかい？」

という問いかけに、はっと我に返った。

「いや、別にそういう相手はいませんが」

答えた瞬間、俺の頭にはまた北原の顔が浮かんだ。が、敢えて幻のその顔から目を背け、首を横に振る。

「本当に？」

辰己が疑い深そうな顔で問いかけてくる。

「はい、本当にいません」

嘘《うそ》じゃない。北原は別に俺の『パートナー』ではない。パートナーであるのなら、ちゃんと帰ってもくるだろう。きっとあいつは元カレとヨリを戻したんだ。それはそれでかまわないが、連絡くらいは入れるべきだろう。三ヶ月もの間、ウチに転がり込んでいたわけだし、と、いつしかまた一人の思考の世界にはまり込み、心の中でぶつくさ不満を爆発させていた俺は、またも辰己の、

「それなら」

という声に、自分が置かれている状況を思い出させられたのだった。

「君を躊躇わせる材料はないはずだよ。さあ、心は決まったかい？」

「…………あの…………」

北原に腹など立てている場合ではなかった。現状をなんとか打破せねば。俺は今更ながら必死で考えを巡らせた。

「あ、あの、やはり一晩、考えさせてはいただけ……」

おそるおそる切り出したものの、辰巳にあからさまに呆れた溜め息をつかれては、言葉を続ける勇気は萎《な》えた。

「……ませんよね、やっぱり……」

「F駅周辺再開発の空調機器を君の会社が一括発注《いっかつはっちゅう》したければ隣の部屋に。他社に譲《ゆず》るというのならこのまま帰る。実にシンプルな選択だと思うけれどね」

「…………そう…………ですね……」

確かに、迷うようなことではない。もし、ここで俺がこのまま帰る選択をした場合、明日以降、俺は会社に足を踏み入れることができなくなるだろう。

俺には選択の余地がない。発注が欲しければ『イエス』と言うしかないのだが、とはいえやはり、辰巳に抱かれるというのは抵抗がある。

抵抗はあれどもサラリーマンとしては、部屋に残るしかない。しかし、しかし、と俺は辰巳を見やった。

「どうする？」

辰己がにっこりと微笑み、目線を隣室へと向ける。

「…………………」

迷っていても仕方がない。腹を括《くく》って抱かれよう、と俺は心を決めた。仕事をネタに男に抱かれることに対し、抵抗があるっちゃーあるが、考えてみればこの三ヶ月、北原に毎晩のように抱かれていたのだ。

今更躊躇も何もないだろう、と俺は辰己を見つめると、ごくり、と唾を飲み込み口を開いた。

「わかりました。本当にF駅周辺再開発の空調機器は、当社が独占できるのですね？」

その確認だけは取っておかねば、と言葉を足した俺の声にかぶせ、

「受けてくれるんだね？」

満足そうな辰己の声が重なる。

「はい、ですが……」

「勿論、男に二言はない。空調機器だけじゃなく、他のアイテムも君の社に発注するよ」

再度確認を取ろうとした俺に何も言わせず、辰己は弾《はず》んだ声を出すと、俺の背を促し次の間へと入っていった。

背中で襖を閉め、俺を布団の前へ優雅に誘う。紅い絹布団の上に立つと、今更ながら自分がとんでもない領域に足を踏み入れてしまったことを自覚した。

『くれぐれも、自分を大事にしてくださいね』

会社を出がけに南田に言われた言葉が頭を過ぎる。何億もの純利益を生むであろう案件と引き替えに抱かれる——当の本人である俺ですら、F駅周辺再開発プロジェクトと自分の身体、どちらにより価値があるか、と問われたら、迷わず『再開発プロジェクト』と答えるだろう。

抱かれるくらいで予算が大幅黒字となるなら、迷うことはないだろうとも思う。

自分を大事にするもなにも、そこまでの価値は男である——だけでなく、おっさんである俺の身体には、誰が見たってないだろうし、自身でも『ない』と断言できる。

そう、頭では納得している——どころか、ラッキーじゃないかとすら思えるのに、気持ちはなかなかついてこなかった。

「跪《ひざまず》いて」

上着を脱ぎながら辰巳が俺に命じる。

「はあ……」

これからどのような苦行が待っているのか。『抱かれろ』と言っていたから、俺が突っ込まれる側だろう。

辰巳は夜の方面でも相当遊んでいるように見えるが、おかしな趣味があったりしたら嫌だな、と心の中で呟きながらも、言われたとおりに両膝《りょうひざ》をつく。

それを見て辰巳は、満足げに頷くと、ゆっくりと俺へと近づいてきた。

「僕はね、とことん尽くされるのが好きなんだ。特にベッドでは」

ここは布団だけれど、と、歌うような口調で言いながら辰己が、俺のすぐ前に立つ。あまりに近いため、辰己のスラックスの前が顔にあたりそうになり、身体を引いて距離を置こうとした俺の耳に、信じがたい言葉を告げる彼の声が響いた。

「フェラチオ、してくれるかい？」

「……え……」

そうきたか、という思いが、つい口をついて出る。

「そう、君が一生懸命《いっしょうけんめい》しゃぶっている顔が見たいんだ」

心持ち上擦った辰己の声がしたと同時に彼の手が伸びてきて、俺の後頭部をぐっと押さえつけてきた。

「……っ」

辰己の下肢《かし》に顔を埋《うず》めそうになり、また身体を引こうとしたところを更に強く後頭部を押さされる。

距離が近すぎるほど近いせいで、スラックス越しにも辰己が勃ちかけているのがわかった。

ひー、と悲鳴を上げそうになっていた俺の頭を押さえつけながら、辰己が命じる。

「手は使っちゃいけないよ。ファスナーを口で下ろすんだ」

さあ、と言葉と、そして後頭部を押さえつける手で促されたが、行動に移すのには時間がかかった。

「やってごらん」

だが、ぐっと頭を押され、辰巳のスラックスの前に文字通り顔を埋めさせられてはもう、逃げ場はなかった。

仕方がない、と腹を括り、ファスナーの金具を口で咥える。金属特有の味というか匂《にお》いというか口の中に広がり、違和感と嫌悪感が芽生《めば》えたが、それらを堪え、ゆっくりとファスナーを下ろしていく。

辰巳の雄が既に形を成しているせいで、なかなかファスナーが下りていかない。ファスナーを咥え直すと、奥歯にキィンと痛みが走り、つい顔を顰めてしまった。

「あまり君は器用じゃないんだね」

頭の上で、ふふ、と笑う辰巳の声がする。

「もしかして、フェラチオはそう得意じゃない？」

「……………」

得意、苦手以前にやったことがない。たいていの男はそうなんじゃないかと思いながらも頷くと、辰巳が問いを重ねてきた。

「もしかして、初めてやるとか？」

「……………」

当然、という思いを込めて頷いたというのに、辰己は「へえ」と少し驚いた顔になった。

「君のパートナーは随分優しいな。君はしてもらうんだろう?」

「……………」

言われてみれば、北原からは何度と数えられないくらいの回数、フェラチオをされたことはあるが、彼が俺に『して』と言ったことはなかった。

いつだったか、シックスナインという体位をやりたいと言われたことはあったが、無理、と断るとあっさり『そう』と提案を引っ込めた。

『まあ、抵抗あるよね』

苦笑し、俺のを咥えてくれた北原の顔が脳裏に浮かぶ。彼は彼なりに俺を思いやってくれていたということだろうか、と、いつしかぼんやりとそんなことを考えていた俺は、ぐっと後頭部を押され、我に返った。

「君のパートナーに感謝しなくては。君がフェラチオをする初めての相手が僕になるわけだからね」

「……っ」

そうなるよな、と気づくと同時に、なんともいえないもやもやした思いが胸に立ちこめてきた。

「やり方を教えてあげよう」

辰己はそう言ったかと思うと、素早く自身でファスナーを下ろし、そこから彼の雄を取り出した。頭から手が退《ど》けられたのをいいことに、仰け反るようにして身体を引いていた俺の目の前に辰己の雄が現れる。

げ、と声を上げそうになったのは、早くも彼の雄が完全に勃起していたからだった。北原が明るい部屋でのセックスを好むせいで、彼の綺麗な顔に似合わぬ見事なブツを見る機会はよくあったが、別にそうそう見たいものではないためにあまり凝視したことはなかった。

間近で——本当に顔から数センチしか離れていないところで見るそれは、グロテスク、その一言に尽きた。血管が浮き立つ赤黒い竿といい、先走りの液が盛り上がる先端といい、視覚的にも強烈な上に、青臭い匂いにもうっとくる。

「さあ、口を開いて。まずは咥えるんだ。根本までね。喉の奥まで収めたら、次にはゆっくり外に出す。丁寧に舐りながら……さあ、やってごらん」

うっとりした声音が頭の上で響き、再び伸びてきた彼の手が俺の後頭部を押しやる。

今更ながら俺は、自分の選択を後悔しまくっていた。やはり人間にはできることとできないことがある。いくら発注が欲しくとも、やはり抱かせろなんて申し出、受けるべきじゃなかった。そう思うが後の祭り、もう逃げ場はない。

ええい、もう自棄《やけ》だ、とぎゅっと目を閉じ口を開く。

「そう、いい子だ」

笑いを含んだ辰己の声が聞こえたと同時に、ぐっと後頭部を押される。唇にぬめっとした感触を得た瞬間、俺は自分の限界を悟《さと》った。

「すみませんっ！」

無理!!　と心の中で叫んだときには既に身体が動いていた。目を閉じたまま両手で力一杯《ちからいっぱい》辰己を押しやる。

「わっ」

彼は俺の反撃など欠片ほども予測していなかったようで、俺の一突きでバランスを失い、派手な音を立てて後ろに倒れ込んだ。その隙に、と俺は立ち上がると脱兎《だっと》のごとく座敷を駆け出した。

「待ちなさい！　田中さん！」

背後で辰己の怒声を聞いたが、無視してそのまま走り続け、何事かと驚いたように廊下に飛び出してきた女将の前を通って建物の外に出る。

自分がとんでもないことをしている自覚は勿論あった。今すぐにでも座敷へと引き返し、平身低頭して辰己に詫びる。選択すべき道はそれだということもわかっていた。

そうしないかぎり、F駅周辺再開発の大型受注は望めない。いや、もう今の段階で、怒りに燃えた辰己に白紙にされてしまっているかもしれない。

戻れ、戻るんだ、というもう一人の自分の声が頭の中で響いていたが、俺の足は止まらなかった。

戻ったところで、それでは続きを、となったら、また俺は逃げ出すに違いなかった。やはり受注のためとはいえ、男に抱かれるのは無理だ。九桁、いや、たとえ十桁の利益が出るといっても、無理なものは無理だった。

さすがに俺も、自分の身体が、数億の利益よりも価値があるなんて馬鹿げたことは思っちゃいない。減るもんじゃなし、一回目を瞑《つむ》って数億なら、ラッキーと思っていいんじゃないかと腹を括ってもいた。

だがその場になってみると嫌悪感が先に立ち、どうにも我慢ができなくなった。頭で考えているよりも、よっぽどつらく、耐え難い。実際に体験するまでそれがわからないなど、馬鹿と罵られて然《しか》るべきだと自分でも思うが。そう反省しつつ路地を駆け抜け大通りへと向かう。

背後から人が追ってくる気配はなかった。が、少しでも早くこの場を離れたいと、空車のタクシーを求め、周囲を見回したそのとき、いきなりやってきた車が俺を追い越したところで停まった。

「……？」

なんだか見覚えがある、と思ったと同時に車の窓が開き、聞き慣れた声が車中から響く。

「田中さん！　早く乗ってください！」

「ええ？」

思わず驚きの声を上げた俺の目には、運転席から身を乗り出し、そう促してくる彼の——東の顔が映っていた。

なぜ彼がこの場所に、と戸惑うあまりその場で立ち尽くしていた俺に、東の声が飛ぶ。

「愚図愚図《ぐずぐず》しないで早くこの場を離れましょう！」

「あ、ああ」

状況はまるで把握できていなかったが、まさにこれは『渡りに船』じゃないかと自分を納得させ、東の車に乗り込んだ。

「間一髪、でしたね」

車を発進させ、バックミラーをちらと見やったあと、東が俺に笑いかけてくる。

「え？」

なんだ、と思い振り返った先、リアウインドの向こうでは、俺を追いかけてきたらしい辰己がきょろきょろとあたりを窺っていた。

「……っ」

本当に間一髪だったと慌ててシートの上で身体を竦める。同時に俺は、東が今の俺の境遇を百パーセント把握しているということに気づいた。

「な、なんで……？」

なぜ彼はすべてを知っているのか。謎すぎる、と驚く俺の頭に、かつて似たような状況を東に救ってもらった過去が蘇《よみがえ》る。

「……あ……」

「理由はあとで説明します。とりあえず、店に向かいますので」

以前俺は、北原と西崎、それぞれに酒に薬を仕込まれ、気を失ったところをホテルに連れ込まれるという体験をしたことがあった。まさにヤられる、という危機に陥ったとき、二度ともこの東が救いの手を差し伸べてくれたのだ。

北原や西崎が俺に薬を飲ませたのが東のバーで、二人の悪巧みに気づいた彼は俺の貞操の危機を機転を利かせ、救ってくれた。

今夜もまた彼は、俺の危険を察知し、助けに来てくれたというのだろうか、と、ハンドルを握る東を見やる。対向車のヘッドライトに照らし出される端整なその顔からは、彼のどのような感情をも読みとることはできなかった。

いずれにしても助かった――東の横顔から車窓へと視線を移した俺の口から思わず溜め息が漏れる。

スピードを上げた車の窓から見える、オレンジ色の街灯が背後へと物凄い勢いで流れていく。明日からのことを思うとまた胃が痛くなるが、今考えても無駄《むだ》だ、と思考をシャットアウトした俺の脳裏にはそのとき、なぜか街中に元カレと消えていった北原の、楽しげに笑う横顔が浮かんでいた。

6

東《あずま》の車は彼の店の前で停まった。

「この時間なら、まあ大丈夫でしょう」

路上駐車をする言い訳をし、東が俺を店の中へと誘《いざな》う。

考えてみれば——今更《いまさら》気づくなという感じだが——彼と顔を合わせるのはあの、四人がかりで押し倒された夜以来だった。場所もこの店の二階だ。

見るとはなしに上を見やった俺の考えていることがわかったのか、カウンターの内側へと入りながら彼は苦笑してみせた。

「先日は失礼しました。まだお詫びもしていませんでしたね」

「いや……」

一応、詫びる気ではあったのか、と思いつつ彼を見ると、

「どうぞ」

東は自分の前のスツールを目で示した。

「何を飲まれます？　アルコールがよろしいですよね？」

そう問われ、確かに飲みたい気分だ、と大きく頷くと俺は、バーボンのストレートを注文した。

「かしこまりました」

東がにっこりと微笑《ほほえ》み、氷を砕《くだ》き始める。彼はまだ詫《わ》びていないとさっき言ったが、俺のほうこそまだ礼を言ってなかった、と思い出し、慌《あわ》てて口を開いた。

「ええと、その、なんていうか……どうもありがとう。助かりました」

頭を下げた俺の前に、注文の品が差し出される。

「どうぞ」

「……ありがとうございます」

再度頭を下げ、グラスを手にとる。そのまま一気に呷《あお》ると、かさついた喉《のど》に酒が刺《さ》さり、ごほごほと咳込《せきこ》んでしまった。

「大丈夫ですか」

東が目を見開きつつ、カウンターの下から取り出したおしぼりを手渡してくれる。

「……すみません」

口を拭《ぬぐ》っている間に東は俺の為にもう一杯《いっぱい》、ロックグラスを作ってくれ、チェイサーの水と一緒に前に置いた。

「まあ、なんにせよ、ご無事でよかったじゃないですか」

今度はちびちび酒を飲み始めた俺に、東が笑いかけてくる。

「……なんであの場所に？」

そう、それも疑問だったのだ。そう思い問いかけると東は、にっこりと、それは綺麗《きれい》に微笑んでみせた。

「あなたの危機は、私にはわかるんです」

「……え？」

ここは『そんな馬鹿な』と突っ込むべきところだろうに、彼の顔があまりに魅惑的《みわくてき》だったため、俺はついぼうっと見惚《みと》れてしまった。

「冗談ですよ」

黙《だま》り込んだ俺に向かい、東がまた、にっこり、と目を細めて微笑んでみせる。

「じゃあ、なぜ？」

冗談だとはわかっていたが、そんな言い訳をしている時間が惜《お》しい、と再度問う。東は一瞬、どうしようかなというような顔になったが、すぐに肩《かた》を竦《すく》めつつ口を開いた。

「南田《みなみだ》さんから皆に連絡が入ったんです。今日、あなたが辰己《たつみ》と会食をすると。場所も彼に聞きました」

「南田が……」

そうだったのか。納得すると同時に『皆に』という単語が気になり、問いを重ねる。

「皆って？　あいつ、東さんの他にも連絡したんですか？」

「ええ、西崎《にしざき》さんと北原《きたはら》さんに。北原さんとは連絡がとれなかったようでしたが」

東は俺の問いに答えてくれたあと、何かが心に引っかかっていた俺に、それでなぜ自分が動くことになったのかを説明してくれた。

「西崎さんは辰己さんに顔を知られているでしょう？　南田さんは部長同席の接待でどうしても抜けられなかったそうで、それで私があなたの救出に手を挙げたんです。救出するのは初めてじゃないと言うと、西崎さんは苦笑していましたが……」

南田さんは意味がわからなかったようです、と東が笑い、話を続ける。

「あともう少し待ってみて、あなたが建物から出てこないようなら、踏み込むつもりでいました。まあ、あなたのことですから、億単位の利益をエサにされたとしても、自分の身を差し出すなんていう馬鹿げた選択《せんたく》はすまいと信じてはいましたが、また薬などを使われるかもしれませんしね」

「馬鹿げた選択……か……」

思わず俺の口からその言葉が漏《も》れた。

実際、すんでのところで選択はしなかったものの、一度は発注の代償《だいしょう》に辰己に抱かれようとした。

もしもフェラチオをさせられなかったら、あの場を逃げ出す機会もなくそのまま抱かれていたかもしれない。

冷静になった今では、それがいかに『馬鹿げた選択』であるかはわかるが、あのときにはもう、それしか道はないくらいに考えてしまっていた。

明日になったらまた会社員としての冷静さから、辰己を突き飛ばし逃げ出したことを『馬鹿げた選択』と思うようになるのかもしれないが、と溜め息を漏らした俺の耳に、東の静かな声が響《ひび》く。

「まあ、金額が金額ですから。多少気持ちが揺《ゆ》らいだとしても、誰もあなたを責められませんよ」

「まあ……ねえ」

東にはすべてお見通しというわけか、と頷き、酒を嘗《な》める。沈黙のときが暫《しば》し流れた。

「一瞬でもその気になったのは、この間のことを怒ってらしたからですか？」

東が不意に口を開き、俺を見る。

「え？」

この間のこと、と言われても一瞬なんだかわからなかったが、続く彼の言葉から、ああ、そうかと納得した。

「この間、あなたの無防備さを我々が『身体で自覚させる』と言った、あの行為です」

「ああ、いや……？」

確かに怒りは覚えたが、その怒りが辰己に抱かれようとした理由にはなっていない。第一なんでそれが理由になると思うんだ、と東を見ると、彼は少し迷った素振《そぶ》りをしたあと、静かに口を開いた。

「誠人《まこと》君のことを怒っているのではないかと思ったんです。彼が我々を止めるどころか、一緒になってあなたを押し倒したことを」

「え？」

いきなり北原の名を出され驚《おどろ》いた俺を、更に驚かせるような発言を東は口にした。

「あなたたちは今、恋人同士なのでしょう？」

「ええっ⁉」

なぜにそれを、と問おうとしたと同時に、どうせ北原が話したのだろうと答えを思いつく。

「誠人君によく自慢《じまん》されていますから」

果たしてそれは正解で、東は苦笑しつつそう言うと、淡々《たんたん》と、しかし決して冷たくはない口調で話を続けた。

「誠人君も悪気があったわけではないんですよ。彼の貞操観念《ていそうかんねん》はちょっと変わっていて、挿入《そうにゅう》さえしなければオッケーという考えのようです。なのであういう展開になったのではないかと思います」

「…………あの…………」

まるで北原をフォローしているような発言に違和感《いわかん》を覚え問いかける。と、今度は東のほうが疑問を覚えたようで、小首を傾《かし》げるようにして問うてきた。

「あなたが辰己の言いなりになろうとしたのは、誠人君のあなたへの想いを疑い、自棄《やけ》になったからではなかったのですか」

「…………いや…………」

東の指摘《してき》は半分正しく半分誤《あやま》っている。辰己の誘《さそ》いに乗ったのは、何億もの発注の代償といわれれば仕方がない、と諦《あきら》めたためというのが主な理由だった。

確かに自棄にもなっていたが、その理由は北原の一風変わった——変わってるよな？——貞操観念《ていそうかんねん》ではない。

第一、北原はあの夜以来、ウチに帰ってきてもいないのだ。既《すで》に彼は元カレとヨリを戻した可能性大である。

それで自棄になって——とは認めたくなかった。それじゃまるで俺が、北原を好きだと言っているようなものだからだ。

俺は北原を勿論《もちろん》嫌いではないのだが、といつしか一人の思考に陥《おちい》っていた俺の耳に、東の静かな声が響く。

「誠人君は関係ないと？」

「ええ、まあ」

適当に誤魔化《ごまか》した俺に、尚《なお》も東が問いを重ねる。

「そういえば今日、誠人君と連絡が取れなかったようですが、どうされたんでしょう？」

「……さあ……」

知らない、と首を傾げると、東は不思議《ふしぎ》そうに目を見開き更に問いかけてくる。

「ご存じないんですか？　一緒に暮らしているんでしょう？」

「まあ、そうですが、ここ数日、彼、帰ってきていないし」

「え？　帰ってない？」

東が驚きの声を上げる。

「いつからです？」

「その、例の日から」

『例の日』で東はいつと察したらしく「そうですか……」と相槌《あいづち》を打ったあと、眉《まゆ》を顰《ひそ》め問うてきた。

「前に住んでいたアパートは解約したと言ってましたし、誠人君、一体どこに行ったんでしょう」

「さあ」

北原がアパートを解約していたということを、実は俺は今知った。となるともう、彼の行き先は一カ所しかない。その思いが苛立《いらだ》ちとなり声に表れたらしい。

「心配ではないのですか？」

ぶっきらぼうに言い捨てた俺の顔を東が覗《のぞ》き込む。彼の口調に棘《とげ》があったわけでもなんでもなかったが、なんだか責められているように感じてしまった俺は、更に乱暴《らんぼう》にこう言い捨てていた。

「元カレと一緒にいるところを偶然《ぐうぜん》見かけたんですよ。ヨリを戻したんでしょう。俺が心配するまでもない」

「え」

相当意外だったのか、東が珍《めずら》しく絶句《ぜっく》する。

「本当ですか？」

だがすぐに彼は我に返ったらしく、またも眉を顰め問いかけてきた。

「ええ」

「まあ、そんな嘘《うそ》をつく理由はありませんよね」

東はどこか呆然《ぼうぜん》とした顔をしていたが、それでもそう頷《うなず》くと、じっと俺の目を見つめてきた。

「なんですか？」

物言いたげな視線が気になり問いかける。

「いや……もしかしてそれがショックだったのではないかと察したもので」

東の言葉はあまりに的《まと》を射《い》すぎていた。漫画《まんが》のように、ぐさっと矢か何かが胸に刺さったような気がした俺は、思わず現実には何も刺さっていない胸を押さえた。

「図星《ずぼし》……でしたか?」

東が目を細めて微笑み、いつの間にか空《から》になっていたチェイサーのグラスを手に取った。

「別に、そういうわけじゃありませんけど」

さっきから俺は曖昧《あいまい》な相槌ばかり打ってるな、と自分でも思っていたが、東も同じように感じたらしい。

「なんだか田中さん、歯切れが悪いですね」

そう微笑んだかと思うと、水をなみなみと入れたグラスを俺の目の前に差し出してきた。

「ありがとうございます」

受け取り、飲み始めた俺を見つめながら、東がまた話しかけてくる。

「自覚はしてらっしゃらないのかもしれませんが、多分田中さんは誠人君の行動にショックを受け、自棄を起こしたのでしょうね」

「違いますって」

訳知り顔で言うのはやめてくれ、と思わず声を荒立《あらだ》てている自分に気づき、はっとなる。

「……ああ、すみません。別に大きな声を出すようなことじゃなかった」

詫びた俺に東は「いえ」と微笑み首を横に振ると、カウンターから身を乗り出し、俺の目を覗き込んできた。

「……なんですか？」

あまりに近いところに顔を寄せられ、身体を引きかけると、東が俺の上腕を掴《つか》みそれを制する。

「知ってます？　田中さん」

「何を？」

更に近く顔を寄せ、囁《ささや》いてくる東の綺麗な瞳から、俺は目を逸《そ》らせなくなっていた。

「恋を失った心の傷を癒《いや》すのは、新しい恋だということを」

「……恋……」

唐突《とうとつ》に出てきた『恋』という単語が馴染《なじ》まず、思わず問い返す。と、俺の腕を掴む東の手にぐっと力がこもったと同時に、彼の唇《くちびる》が開いた。

「そうです。私にあなたの心の傷を癒させてはもらえませんか？」

「いや、別に、心に傷なんて……」

言いかけた俺の言葉がここで止まったのは、目の前の東の瞳があまりに切なげな表情を浮かべたためだった。

もともと、俺は彼の顔が好きだ。顔だけじゃなく、人柄《ひとがら》もかもしだす雰囲気《ふんいき》も好ましいと思っていた。

その『好き』は別に、性的な意味ではない。俺もこんな顔に生まれたかった、こんな雰囲気のある男だったら人生変わっていただろう、と羨《うらや》ましく思う、そんな『好き』だったのだが、それだけに今の彼の、憂《うれ》いを含《ふく》んだとしかいいようのない表情には目が釘付《くぎづ》けになってしまったのだった。

ぼんやりと東の黒い瞳を見つめているうちに、その瞳がゆっくりと近づき、輪郭《りんかく》がぼやけてきた。

近すぎて焦点《しょうてん》が合わなくなったせいだということに、気づくこともなければ、近づいているのは瞳だけではないということにも、俺は気づいていなかった。

「……田中さん……」

呼びかけられたその声が酷《ひど》く近いところに聞こえ、吐息を唇に感じた、と思った次の瞬間、しっとりとした感触を得、俺はそこではっと我に返った。

自分の唇を塞《ふさ》いでいるのが東の唇であることに、そこで初めて気づいたものの、嫌悪感《けんおかん》はまるでなかった。

やわらかな、温かい唇だった。軽く俺の唇を吸い上げた彼の唇が、ゆっくりと離れていく。

「行きましょう」

目の前でその形のいい唇が、誘いの言葉を告げた。ぼんやりした頭で俺は、その言葉を聞いていた。

彼がカウンターを出るためずっと摑《つか》んでいた俺の腕を離したとき、今まで得ていた感触を失

ったことに対する寂《さび》しさを、そのとき確かに俺は感じた。

俺の背後に回った東に促《うなが》され、スツールを下りて店の奥へと向かう。その扉《とびら》の向こうには階段があり、二階に上がったそこは寝室になっていると、勿論俺は覚えていた。

寝室でとんでもないことをされた記憶も鮮明《せんめい》に残っている。普通なら嫌悪感《けんおかん》を覚えそうなものだがそういうこともなく、東と共に階段を上り寝室へと入った。

ベッドの前で東に抱き締められる。彼の腕が背中に回ったとき、ようやく、ちらと違和感《いわかん》が芽生《めば》えた。次の瞬間、彼に抱きかかえられるようにしてベッドにドサリと二人して倒れ込み、突然のことに思考も感覚も途絶《とだ》えてしまった。

俺にのしかかりながら東が再び唇を塞《ふさ》いでくる。先ほど同様、優しいキスで、俺は今、東とキスをしてるんだと改めて自覚したと同時に、胸の中の違和感はますます膨《ふく》らんでいった。

しっとりとした彼の唇はやはり、決して不快《ふかい》ではなかった。口内を舌で舐《な》めるその感覚も、キスが上手いなと思いこそすれ、嫌悪感はまるでない。

ただ、何かが違う、その思いはますます膨らみ、東が俺のネクタイに手をかけた瞬間、その思いはピークを迎《むか》えた。

気づいたときには俺は両手を突っぱね、東の胸を押しやっていた。

「…………田中さん?」

唇を離し、東が問いかけながら、己《おのれ》の胸を押しやる俺の手を握《にぎ》り締める。

「……すみません、やっぱりちょっと……」

その手を振り払い、俺は身体を起こすとベッドから立ち上がった。

「『やっぱりちょっと』？」

東も立ち上がり、俺を真っ直ぐに見下ろしてくる。

「はい、ちょっと……」

煌《きら》めく綺麗な瞳にまたも意識を吸い込まれそうになった。が、彼の胸に身体を預ける気はとうになくなっていた。

だが何が『ちょっと』なのかという自覚はなかった。そうすべきではないという感情はおそらく、胸に広がる違和感からきているものだとはわかっていたが、なぜ違和感を覚えたのか、その答えは得られていない。

俺本人はわかっていなかったが、東はその違和感の正体を既に見抜いていたようで、

「仕方がないですね」

と苦笑し、ぽん、と俺の両肩へと手を乗せた。

「誠人君に悪い――そう思っているのでしょう？」

「え？」

東の口から出た北原の名に、胸の中でもやもやと立ちこめていた霧《きり》が一気に晴れていく気がした。

違和感の正体はそれだったのか、と、あまりにあっさり解明したことに啞然《あぜん》とすらしてしまっていた俺は、東にぎゅっと肩を摑まれ、はっと我に返った。

「無理強《むりじ》いは私の主義に反します……まあ、無理に押し倒してしまったほうがいいケースもありますが」

にこ、と東が微笑み、俺の肩から手を退ける。

「家まで送りましょう」

そうして彼はまた俺の背を促し、俺たち二人は寝室を出た。

一人で帰れると固持《こじ》したが、結局その数分後に俺は東の運転する車の助手席に乗っていた。

「誠人君の件ですが」

間もなくウチに到着するという頃になり、それまで黙って運転していた東が唐突に口を開いた。

「元カレとヨリを戻したといいますが、私にはどうにも信じられません。きちんと本人に会って確かめたほうがよろしいかと思います」

「……俺がこの目で見たんですけどね」

人から吹き込まれたわけではない、と主張する俺の頭に、北原の顔が浮かぶ。

俺にはなんの連絡もなく外泊していた彼は、確かに会社の近くで元カレの守谷《もりや》と会っていた。

二人して夜の街に肩を並べ消えていく姿は、決して幻《まぼろし》なんかじゃなく、俺が現実に見たものだ。

あのとき北原はどんな顔をしていたか。笑っていたか、それとも——彼の顔を思いだそうとしていた俺は、車が停まったことではっとし、窓から外を見てそこが自分のマンション前ということに気づいた。

「ありがとうございます」

ドアロックを解除してくれた東に礼を言い、シートベルトを外して車を降りようとする。

「田中さん」

ドアに手をかけた俺の背後から東が呼び止める声が響いたと同時に、彼の手が俺の肩を摑んだ。

「はい？」

なんですか、と振り返った先には、あまりに優しげな東の笑顔があった。

「無理強いをしないのは私のモットーですが、もう一つ、モットーがあるんです」

「……？」

何を言い出したのか、とつい首を傾げた俺に、東はにっこりと、それは華麗《かれい》に微笑み、あまりに優しい言葉を口にした。

「何事も諦めないこと……あなたが私のことを好きだと感じてくれるまで、いつまででも待っていますから」

「……東さん……」

言葉を失う俺に東はもう一度、にっこり、と微笑むと、

「なんにせよ、誠人君とコンタクトを取ることをお勧《すす》めしますよ」

余計なお世話ですがね、と言葉を足し、後ろから手を伸ばしてドアを開けてくれた。

「それでは、おやすみなさい」

「……ありがとうございました」

送ってもらった礼を言ったつもりだったが、東が苦笑したのを見て俺は、彼が北原と連絡を取れと告げた、あのアドバイスに対する礼ととったと察した。

「あ、いや……」

違うんだ、と訂正《ていせい》しようとしたときには車は動き出しており、あっという間に尾灯が見えなくなっていった。

「…………」

なんとなくその場に佇《たたず》み見送ってしまっていた俺の耳に、東の柔《やわ》らかな声音《こわね》が蘇る。

『あなたが私のことを好きだと感じてくれるまで、いつまででも待っていますから』

彼もまた、俺のことが好きだという。もしや、と思ったことはあったが、真面目に告白をされたのは初めてだなと、そんなことをぼんやりと考えていた俺は、ポケットに入れていた携帯電話が着信に震《ふる》えたのに我に返り、慌ててポケットから取り出した。

「げ」

ディスプレイに浮かんでいたのは辰己の名だった。出るととんでもないことになりそうなので、放置を決める。留守電に切り替わったあとにチェックすると、気づかない間に彼からは五件も留守電が入っていた。

聞くと後悔しそうだったので留守電の内容を聞かずに携帯をポケットに戻し、部屋へと戻る。もしや北原が戻ってきていないか、と一瞬期待したが、見上げた窓には明かりは見えなかった。鍵《かぎ》を開け、中に入る。俺が朝、出たままの状態の部屋を見渡す俺の口から、我知らぬうちに溜め息が漏れていた。

家の電話も一応見やるが、留守番電話の点滅《てんめつ》もない。北原とは常に携帯で連絡を取り合っていたので、彼が家の電話の番号を知っているとは思えないというのに、帰宅すると俺は留守電の赤いランプが点滅していないか、それをチェックしてしまうのだった。

携帯を取り出し、北原の番号を呼び出す。かけようかなと思ったが、やはり躊躇《ちゅうちょ》が先に立ち、俺はまた携帯をポケットにしまうと、どさりとベッドに寝転がった。

天井を見上げる俺の頭に、東の顔が浮かぶ。

東にベッドで抱き締められたとき、胸の中に違和感がどんどん膨らんでいき、結局一線を越えることはなかった。

それは辰己に関しても同じで、まあ、彼にはフェラチオを求められたせいもあるが、やはりどうしても我慢できず逃げ出してしまった。

辰己は多額の注文を与えてくれる相手、東は三度も危機を救ってくれた相手だ。目を瞑《つむ》ろうと思えば瞑れただろうと、今となっては思うが、その状況に直面するとやはり駄目《だめ》だった。

一線を越える——男に抱かれる、という行為は、俺にとっては誰とでもできるものではない。そういうことだろう、と溜め息をついた俺の頭の中で、もう一人の自分の声が響く。

『じゃあなぜ、北原には抱かれるんだ?』

「……それなんだよ……」

その声に向かって俺は小さく呟《つぶや》いてしまっていた。

北原に対しては、男に抱かれることへの抵抗が感じられないのはなぜなのか。初回は勢いに押されたとしかいいようのない展開だったが、それでも、どうしても無理なら、今日、辰己や東の胸を押しやったように、北原の胸だって押しやっていたはずだった。

それをしなかったのはなぜなのか。そのあと、なし崩《くず》し的に同居を許し、毎晩のように彼に抱かれ続けた、その理由は一体なんなのか。

「……それがわかれば、だよな……」

呟きはしたが、俺の中ではもう、答えは出ているようなものだった。ただそれを認めるかとなると話は別で、『わからない』スタンスをつい選んでしまっている、それだけだった。

その北原は今、どこで何をしているのか——やはり電話をしようかとポケットに伸びた手がぴたりと止まる。

自身の北原への気持ちを認める勇気のない俺は、北原の俺への気持ちを知る勇気も持ち得なかった。

『史郎《しろう》にはもう飽《あ》きたから。バイバイ』

『やっぱり俺、透《とおる》が好きなんだよね』

北原には決して言われたくない言葉が次々頭に浮かんでくる。

今夜はあまりにいろいろなことがありすぎた。北原に連絡をし、現実でもそんな言葉を浴びせられたら耐《た》えられないに違いない。

なので電話をかけるのは明日にしよう、と、自身に言い訳をする情けなさにまた、溜め息が漏れる。

いつから俺はこうも女々《めめ》しい男になりはててしまったのか——部下の美鈴《みれい》に貢《みつ》がされていた時点で充分女々しくはあったが——と、憂鬱《ゆううつ》さから寝返りを打つ俺は、翌朝出社してから上司にいかに報告するかを考えねばならない、その現実からもしっかり逃避《とうひ》してしまっていた。

7

翌日、俺はいつもより一時間前に出社し、部長が来るのを待っていた。

朝、起きてから勇気を出し、辰己から六件も入っていた留守番電話を聞いたが、内容はすべて同じで『折り返し連絡を』というものだった。

かけてみようとしたが、やはり勇気は出なかった。叱責されることはわかりきっていたので、まずは自分の上司の叱責を受け、それから彼と共に詫びに行こうと考えたのだった。

俺が出社して十分後に、南田が出社した。

「課長、大丈夫ですか?」

俺は相当思い詰めた顔をしていたのだろう。心配そうに問いかけてきた彼に、

「大丈夫だ」

と頷《うなず》く。

「あの……」

南田は一瞬、何か言いかけ躊躇《ためら》ったが、俺が「なんだ?」と問うと、意を決した顔になり、絶句するしかないことを聞いてきた。

「あの、課長の貞操《ていそう》は大丈夫でしたか？」

「……っ」

息を呑《の》んだ俺を見て、南田が絶望的な顔になる。

「やっぱり……やっぱり課長は……っ」

「いや、大丈夫だ！　大丈夫だったから！」

今にも叫《さけ》び出しそうな彼を落ち着かせようと、慌《あわ》てて疑惑《ぎわく》を晴らしてやる。

「……本当に？」

それでも南田が疑い深い目を向けてきたので、本当だ、と俺は大きく頷いてみせた。

「何もなかった」

「でもそれじゃあ……マズいことになってませんか？」

心から安堵《あんど》した表情になったあと南田が、実に鋭《するど》いところを突いてきた。

「……ああ、まあ……」

実際『マズいこと』になるだろうと予測していただけに、『そんなことはない』という返事ができずにいた俺の前で、南田の顔からさあっと血の気が引いていく。

「もしや……今日、こんなに早くに出社したのは……」

「いや、だからその、心配するな。なんとかなるから」

『なんとかなる』と楽観的な見方はしていなかったが、そうフォローせねばならないほどに南田の顔色は悪かった。

しかしなぜ、彼がそうも青ざめるのかと訝《いぶか》っていた俺は、不意に南田が物凄《ものすご》い形相《ぎょうそう》になり、拳《こぶし》を固く握《にぎ》り締めたことにぎょっとし、

「おい？」

と声をかけた。

「すみません……課長は僕の願いを聞き入れてくださっただけなのに……っ……僕は、僕はどうしたら……っ」

南田は相変わらず真《ま》っ青《さお》の顔のまま、ぶつぶつとわけのわからないことを呟いている。

「お願いって？」

さっぱり意味がわからない、と問いかけた俺は、返ってきた答えに唖然とすることになった。

「昨日、出がけに言ったじゃないですか。『自分を大切にしてください』って……」

「……あ、ああ……」

そういや言われた気がする——という程度の認識しか俺にはなかったというのに、南田は深《しん》刻《こく》に悩んでいるようで、

「もうどうしたらいいんだ」

と頭を抱えてしまった。

「いや、別にお前にはなんの責任もないし……」

フェラチオをしろと言われて、できなかったっていうのが直接の理由だし、それ以前にお前の発言なんて思い出しもしなかったし、と続けようとした俺の言葉を聞こうともせず、

「すみません、課長！」

そう叫んだかと思うと南田は、フロアを飛び出していってしまった。

「おい、南田！」

あとを追おうとしたが、ちょうどそのとき部長が、

「おはよう」

と笑顔で出社してきたため、俺の注意はそっちに逸《そ》れた。

「田中君、昨夜《ゆうべ》はお疲れだったね。それでどうだった？　発注は望めそうかい？」

笑顔のまま立て続けに問いを重ねてきた部長に俺は勇気を出し、

「すみません、少々よろしいでしょうか」

と会議室に誘った。

「どうした？」

その時点で部長は嫌な予感を抱いたようで、眉《まゆ》を顰《ひそ》めつつ俺のあとに続き部屋に入ってきた。

「実は……」

実は、と切り出したものの、さすがに、発注の見返りに身体を要求されたが、フェラチオを強《し》いられた時点で無理だと察し、逃げ出した——という事実をそのまま伝えることは憚《はばか》られ、

言葉に詰まってしまった。

「実は、なんだね」

言いよどむ俺を前に、部長はだいたいの状況を察したらしく、先ほどまでの笑顔が嘘《うそ》のように厳《きび》しい表情を浮かべている。その顔を見て気持ちが挫《くじ》けそうになったが、そうも言っていられないと気を引き締め、事情を説明し始めた。

「実は昨夜、接待の最中に中座をしてしまいまして……」

「中座？　なぜ？」

部長が絶叫《ぜっきょう》といっていい声で問いかけてくる。

「ええと、ちょっと飲み過ぎまして……」

「君は馬鹿か。接待で飲み過ぎるなど、あり得ないだろう！」

怒鳴る部長に、ごもっとも、と心の中で頷きつつ、平身低頭して詫びる。

「申し訳ありません。結局そのまま退席してしまいまして……それで大変申し訳ないのですが、辰己さんへの謝罪に同行していただけないかと……」

「わかった、早くアポを取りたまえ！」

部長の怒声《どせい》を背に会議室を飛び出す。と、それを待ちかねていたかのように、事務職が、

「課長、大変です！」

と駆け寄ってきた。

「どうした？」

ぶっちゃけ、今、俺が置かれている状況以上に『大変』なことなんてあり得ない。そう思っていた俺だが、次の瞬間その考えは覆《くつがえ》された。

「南田君がこれを課長に渡してほしいって！」

叫ぶようにして彼女がそう言い差し出してきた封筒には、書道二段の腕前だという南田の端《たん》正《せい》な二文字が書かれていた。

『辞表』

「な、なんだ、これはっ‼」

叫んだ俺に事務職が、泣きそうな顔で訴えかけてくる。

「わけがわからないんです。いきなりこれを私に渡したかと思うと、エル設計に直談判《じかだんぱん》に行くって会社を飛び出してしまって……」

「エル設計⁉」

辰巳の勤務先じゃないか。驚きの声を上げたそのとき、

「課長！　大変です‼」

と、別の事務職が駆け寄ってきた。

「こ、今度はなんだ⁉」

南田の辞表以上に大変なことなど、そうそうないに違いない——そう思いつつ問い返した俺

は、先ほど覆されたばかりの『大変』さをまたも覆されることとなった。

「それが……っ！　友菱商事《ともびししょうじ》の西崎さんが瀧川《たきがわ》本部長のところにアポなしでいらして、F駅再開発から手を引いてほしいと言ってきているそうです！　本部長より、すぐ部屋に来てほしいと……」

「ななな、なんだって⁉」

なぜに西崎が、と驚きの声を上げた俺を、更に驚かせる発言を彼女が続ける。

「F駅再開発に見合うだけの……それ以上の案件を用意するからって。本部長も面食《めんく》らって理由を尋ねたら、すべて田中課長のためだと言うので、それで本部長が課長をお呼びなんです」

「な……な……な……」

なんという無茶《むちゃ》を。腰が抜けそうになっていた俺の耳に、バタンとドアが開く音と共に、どうやら到着を待ちきれなかったらしい本部長の大声が響いた。

「田中君！　何をしているんだ！　早く来て、事情を説明してくれ！」

「課長、南田さん、どうしましょう？」

本部長の怒声と、南田を心配する事務職の必死の訴えに加えて、会議室から出てきた部長の、

「田中君！　何を愚図愚図《ぐずぐず》している！　早くアポをとりたまえ！」

という喚《わめ》き声がすべてシンクロして響く。

「田中君！」

「課長！」

「田中君!!」

まったくどうすりゃいいんだ――俺はその場に立ち尽くすことしかできずにいたのだが、呼びかける三人の声をかき消すように、高らかな声がフロアに響き渡った。

「田中さん！　僕に任せてください！」

「……に、西崎さん……」

本部長を押しのけるようにして本部長室から出てきた西崎が、俺へと駆け寄ってきたかと思うと、両手で俺の手をぎゅっと握りしめる。

「ちょ、ちょっと」

人目もあるのに何を、とその手を振り払おうとしたが、西崎はますます強い力で俺の手を握ると、社員たちの好奇の視線が集まる中、切々と訴え始めた。

「F駅再開発プロジェクトなど、断ってしまえばいいんです。その代替となる案件を僕がなんとしてでも見つけてみせます！　ありとあらゆるコネを使って。それで会社を辞めるようなことになったとしても悔《く》いはありません！」

「か、会社を辞める!?」

こいつもか、と驚く俺の声に被さり、本部長や部長の、

「なんだって!?」

「西崎さん、何を……⁉」

という戸惑いの声が響く。

「僕にとって大切なのは、誰でもない。あなたなんです」

西崎の耳には本部長や部長の声などまるで聞こえておらず、また、彼らだけではなくフロア中の注目を集めていることにも、まるで気づいていないようだった。

高らかにそう宣言したかと思うと、ざわつく周囲の声を圧倒するような更に高い声を上げ、その場をパニック状態に陥《おちい》らせた。

「あなたを辰己の魔の手から守りたい！　そのためには僕はなんだってしてします！」

「に、西崎さん、落ち着いて……っ」

西崎には聞こえていない周囲のざわめきは、俺の耳にはしっかり入っていた。

『魔の手ってなんだ』

『ホモ？　ねえ、あの人、ホモなの？』

『人の会社来て、あいつ何やってるんだ』

当然すぎる内容の突っ込みが入る中、射《い》るような視線に晒《さら》される俺の全身から汗が噴《ふ》き出す。

「田中さん、僕に任せてください！」

そう胸を張ってみせた西崎の顔は、見間違いなどではなく窶《やつ》れていた。F駅再開発と同等の案件を探すべく、相当無理をしたんだろう。将来役員になるに違いないと友菱商事内では評判であるらしいが、今回のことで彼はそんな輝かしい未来を棒に振ろうとしているのでは、と思うと、申し訳なさが募《つの》り、どうしていいかわからなくなった。

西崎だけじゃない。この不況下、南田は辞表を提出し、今、辰己のもとに直談判を――俺に手を出すな、という直談判をしにいっているという。

西崎にも、そして南田にも、人生の道を踏み外させるわけにはいかない。俺なんかと違い、将来のある優秀な二人だ。そんな二人が今、まさにとんでもない選択をしようとしているのを目《ま》の当《あ》たりにし、一体どうしたらいいのかわからず俺は頭を抱えてしまった。

「それでは」

言いたいことはすべて言った、とばかりに西崎がぎゅっと俺の手を握ってからすっと離し、ようやく目に入ってきたらしい周囲の人間に会釈《えしゃく》をしてから、その場に立ち尽くしていた本部長を振り返る。

「お時間をとらせてしまい、申し訳ありませんでした」

にっこり、と優雅《ゆうが》に微笑む彼は、先ほどまでとんでもない言葉ばかりを叫んでいた人間とても同一人物とは思えない。

「あ、はい……」

本部長はただただ呆気《あっけ》にとられ、会釈を返すことすらできないでいるようだった。

「待っててくださいね。必ず同等の案件を見つけますので」

最後に一言、と、西崎が俺の目を覗き込むようにして告げ、ふっと笑ってフロアを出ようとする。

このままでいいのか——俺の頭の中では大音響でその一言が巡っていた。

西崎の、そして南田の人生を狂《くる》わせていいのか。前途洋々たる若者の未来を潰《つぶ》していいのか。

第一、これは俺の問題ではないのか、と思ったときには俺は西崎の背を呼び止めていた。

「西崎さん！　待ってください！」

「え？」

西崎の足が止まり、俺を振り返る。彼より先に伝えるべき相手がいた、と敢えて視線を彼から逸らすと、俺はその相手を——本部長と部長を順番に見つめつつ口を開いた。

「本部長、部長、申し訳ありません！　F駅再開発プロジェクトを逸注したのは私の責任です！」

「逸注したのか!!」

「田中君、さっき君、一緒に謝りに行ってほしいって言ってたじゃないか」

『逸注』という単語が衝撃的すぎたのか、本部長と部長、それぞれが悲鳴のような声を上げる。

「よかった！　やはり断ってくれたんですね!!」

感極《かんきわ》まった声を上げる西崎の、その声以上に大きな声で俺は今、この瞬間に固めた決意を叫んだ。

「なので責任をとって私が辞めます!!　南田の辞表は撤回《てっかい》してください！　それでは!!」

そこまで言うと俺は、手にしていた南田の辞表を部長に押しつけ、そのままフロアを飛び出した。

「田中さん！」

「待ってくれ！　田中君！」

西崎が、そして部長や他の社員たちがあとを追ってきたのがわかったが、ちょうど来ていたエレベーターに駆け込み、『閉』のボタンを押す。

やってしまった——大きな溜め息が口から漏れたが、不思議と後悔はなかった。俺のせいで南田や西崎が会社を辞めるよりも余程いい。その思いが強かった。

まずはエル設計へと向かおう。南田をそこで捕まえ、馬鹿なことをするなと叱《しか》らねばならない。

そのあと辰己に詫びを入れ、退職の意思を伝える。辰己はすでに怒り心頭で俺とは会ってくれないかもしれないが、それなら受付で伝言を頼もう。

頭の中でこれからやるべきことをざっとまとめ終えたところで、エレベーターは一階に到着した。開いた扉から駆け出し、タクシー乗り場へと向かう際、ふと会社を振り返った俺の胸に一瞬郷愁《きょうしゅう》が過《よ》ぎる。

十数年間勤め続けてきた会社のビルともこれでさよならかと思うと、やはり感慨《かんがい》深かった。

まさかこんな辞め方をするとは思ってもいなかったが、とつい溜め息を漏らしそうになる口元を引き締めると、俺は客待ちのタクシーに乗り込みエル設計の住所を告げたのだった。


物凄い決意を胸に訪れたというのに、エル設計では全てが空振《からぶ》りに終わった。

まず、辰己は本日休暇を取っているということで、面会はかなわなかった。南田ともすれ違いで会えなかったが、彼からかかってきた電話で俺は、自分が退職をする旨《むね》を伝え、お前は辞意を撤回するようにと命じた。

『いやです！　納得できません‼』

予想どおりといおうか、南田は電話の向こうで興奮して喚き立て、切っても切ってもかけてくるので、俺は携帯の電源を切り一度家に戻ることにした。会社では彼と、そして西崎が、自分の社に戻ることなく俺を待ち構えているとわかっていたからである。

辞表は明日、改めて提出に行こう。辰己も明日は出社するという話だったので、出社後すぐに彼の社を往訪して詫びを入れ、それから辞表を提出、荷物をまとめて帰ることにしよう。

自分から会社を辞めたとしても、失業保険はもらえるんだろうか。まあ、もらえるんだろうが、手続きの仕方とかを調べなければならない。

年金とか、健康保険とかについても調べる必要があった。確定申告だって今までは会社がやってくれていたが、これからは自分でやらなきゃならなくなる。

本当に会社というのはありがたいものだったんだなあ、と実感すると同時に、また新たな勤め先を探さねばならないという最大の課題が目の前に立ち塞《ふさ》がり、今度こそ俺は大きく溜め息をついてしまった。

三十五歳のたいした売りもない俺を雇《やと》ってくれる会社など、この不況下、あるんだろうか。かなり難しいに違いない。

いっそのこと地元に戻って就活するか、そうだ、親に会社を辞めたことを伝えねば、と考えながらマンションへと戻った俺は、ドアを開けようとして鍵がかかっていないことに気づき、愕然《がくぜん》とした。

泥棒《どろぼう》――？　会社を辞めたこんな日に泥棒に入られるとは、ついていないにもほどがある。

まさかまだいるってことはないよな、と、おそるおそるドアノブを掴み、そっとドアを開いた俺の目に飛び込んできたのは、玄関に脱《ぬ》ぎ散らかされた見覚えのあるスニーカーだった。

「…………」

あれ、と思い、大きくドアを開く。と室内にいたのは――。

「おかえり、史郎！　ってか、どうしたの？　こんな時間に」

それこそこんな昼日中から、缶《かん》ビールを手にテレビを観ていたらしい彼が――北原が、俺に向かい満面《まんめん》の笑顔を向けてきた。

「お、お前……」

どうしてここに。まるで何事もなかったかのように寛《くつろ》いでいる彼に声をかけようとした、その俺の声にかぶせ、

「あ、そうだ、これ、お土産」

と北原が温泉まんじゅうの包みを俺に差し出してきた。

「お土産?」

「そう、法事で実家に戻ってたんだ」

そうだ、お茶、飲む? と言いながら立ち上がり、キッチンへと向かおうとする北原の腕を俺は思わず摑んでいた。

「法事で実家に戻っていた?」

「そう。母親の三回忌《さんかいき》だったんだよね」

そう告げる北原に、嘘をついている気配はない。

「お母さん、亡くなってたんだ」

知らなかった、と思わず呟いた俺に北原が、

「うん」

一昨年ね、と頷く。

「……だから留守にしてたんだ……」

「そうだけど？」

ようやく把握《はあく》した状況が口から漏《も》れた俺に、北原はさも当然というように相槌《あいづち》を打つと、

「それより、こんな時間にどうしたの？」

と、逆に問い返してきたものだから、あまりの呑気《のんき》さにかちんときてつい彼を怒鳴りつけてしまった。

「それならそうとなぜ連絡しないんだ!!」

「え？」

いきなり怒声を張り上げられ、北原はびっくりしたように目を見開いたが、すぐに、ああ、と何かに気づいた顔になった。

「ごめん、俺、携帯解約しちゃったんだ。新しいのこれから契約するとこなんで……」

「解約？」

なぜ、と問いかけた俺は、返ってきた答えに思わず、「あ」と声を上げてしまった。

「透《とおる》からガンガン電話、かかってくるからさ。いっそのこと解約しちゃえって」

元カレの名を出され、絶句する俺を見て、北原が慌てた顔になる。

「ああ、透とまだ続いてるとか、誤解しないでよ？　この間久々に電話があったんだ。どうしても会いたいって。そのあとしつこく言い寄られたけど、ちゃんと断ってるから」

「…………え……？」

それじゃあ、あのときの光景は——と思い起こしていた俺に、北原は物凄い勢いで元カレへのクレームを述べ始めた。

「だいたいふざけてるんだよ。奥さんの、なんだっけ、あの酷い女……ああ、美鈴か。彼女がもう、我《わ》が儘《まま》で酷いんだってさ。家事一切しないのに、透には文句ばっかり言うって。で、離婚はできないけど心の安らぎがほしいから、もう一度付き合わないか、なんてふざけたこと言いだしてさ、結婚するから別れてほしいってあっさり俺をふったくせに、どの口が言うかって呆《あき》れちゃったよ」

本当にもう、信じらんない、と、憤《いきどお》った声を上げた北原は、唖然としていた俺に向かい、

「ああ、ごめん。興奮しちゃった」

と少し照れくさそうに言い、頭をかいた。

「……そんなことがあったんだ……」

じゃあ俺が見た光景は、と問うより前に、北原が答える。

「これから帰省するってときに『大事な話がある』って呼び出されたんだよ。無視しようかと思ったんだけど、どうせ東京駅行くし、あんまりにもしつこいんで断るのもめんどくさくなっちゃってさ。でもほんと、無視すればよかった。俺と付き合ってたときが癒《いや》しだったとか、俺みたいな出来た恋人いなかったとか、持ち上げてるつもりなんだろうけど、逆にむかついたよ。

そんなの、俺を好きなんじゃなく、俺に世話焼いてもらいたいってだけじゃないかって。ねえ？」

「………」

ねえ、と同意を求められたが、相槌の打ちようがなく黙《だま》り込む。

「でもさ」

俺の沈黙をどう取ったのか、北原は苦笑すると、再び口を開いた。

「これが別れた直後だったら、多分俺、喜んでホイホイ戻したと思うんだよね。ヨリを。利用されてるんでもいい、それって必要としてもらってるってことだもん、とか適当な理由つけて。でもそうしなかったのは……」

「え……？」

ここで北原は言葉を切り、相変わらず口を開けたまま彼の話をただ聞いていた俺を見つめた。

酷く照れくさそうな顔になった北原が、やたらと可愛く見える。その北原の口から告げられた言葉もまた可愛いとしかいいようのないものだった。

「……今、俺、史郎と一緒にいられて、本当に幸せだから。透にも言ってやった。今、ラブラブで幸せだから、お前となんてヨリ戻すわけないじゃんって」

へへ、と笑い北原が俺に腕を伸ばしてくる。

「おふくろの墓《はか》の前でも、報告してきたんだ。家族には俺、ゲイバレしてて、そのせいでほぼ勘当《かんどう》状態で、生きてるときにおふくろ、俺のこと相当心配してたからさ、今まではろくでもない男とばかり付き合ってたけど、これからは大丈夫だからって。絶対幸せになれるからって、そう言ってきた」

「…………誠人君…………」

北原の言葉を聞く俺の胸に熱いものが込み上げてくる。

「好きだよ。史郎」

そう言い、俺を抱き寄せてきた彼の胸に身体を預けていきながら俺は、自分もまた北原のことが好きなのだと――彼が俺を想うのと同じ意味で『好き』なのだということを、改めて実感していた。

好きだからこそ、彼の不在にああも取り乱したのだろうし、好きだからこそ元カレと一緒にいるところを見て嫉妬《しっと》したのだろう。

男を好きになったことがないからわからない、などと、自分の気持ちと向き合う勇気をなかなか持てずにいた俺だが、身体はしっかりと『答え』を導き出していた。

何億もの利益を呼ぶF駅再開発の発注をエサにされても、辰巳に抱かれることはできなかったし、あれほど優しく思いやってくれた東の胸に身体を預けることはできなかった。

だが今、俺はなんの躊躇いもなく北原に抱き締められているし、その背に腕を回し抱き締め返している。

唇を落としてくる彼のキスをなんの躊躇いもなく受け止め、その先の行為を予感し身体の芯《しん》を熱くさせている。

まさしくそれが『答え』だという確信が心に生まれた、そのことに俺はこの上ない喜びを感じていた。

「好きだ」

囁いてくる彼に、俺も、と答えようとしたときには、北原の唇に唇を塞がれていた。甘く、そして激しいキスに身を委《ゆだ》ねながらも俺は、『好きだ』と自覚してからのキスが普段以上に自分を高めていることをしっかり自覚していた。

温泉まんじゅうを食べるよりも、まず、俺たちは久し振りにベッドで抱き合う行為のほうを選択した。

「シャワー浴びてくる」

浴室へと向かおうとする俺を北原は、

「いいからいいから」

とそのままベッドに押し倒し、服を剝《は》ぎ取り始めた。

「……それにしても、実家に戻るなら連絡の一本も入れてくれよ」

今回連絡がなかったということは、この先も無断外泊をされる可能性があるということだ。浮気を疑っているわけではないが、帰宅し彼がいないとなるとやはり心配になると思い、自身も服を脱ぎ始めた北原にそう言うと、

「今度からそうする」

北原はあっさり頷き、俺に覆《おお》い被《かぶ》さってきた。

「心配したの？」

「……あたり前だろ」

「うそ。ほんとは浮気とか、心配してたんじゃないの？」

「……ああ、まあ……」

にこ、と笑いながら俺と額を合わせ、問いかけてきた彼に曖昧《あいまい》に頷く。

「浮気なんて、するわけないじゃん」

あはは、と北原はそう笑い飛ばしたあと、それに、と言葉を足した。

「あのとき史郎、相当怒ってたし」

「…………あれは…………」

そう言われ、俺はもしや、と気づいた北原の意図を確認すべく、彼に問いを発した。

「連絡してこなかったのはわざとか？」

「いや、するつもりだったんだけど、突発的に携帯へし折っちゃったもんで、連絡先がわからなくなっちゃったんだよね」

「へし折ったぁ？」

驚きの声を上げた俺に対し、北原はあまりにあっさり、

「うん」

と頷くと、さも嫌そうに顔を歪《ゆが》めてみせた。

「透の電話がうざくてさ。番号拒否《きょひ》したら、公衆電話やら会社の電話やらから、がんがんかけ

てくるんだ。それで、いい加減にしろって怒鳴りつけて、勢いで携帯折っちゃった。元カレから頻繁《ひんぱん》に電話がかかってくるなんて、史郎にも悪いと思ったしね。でも、知ってた？　携帯って折るともう、電源入らないいんだね」

「……………それは…………」

当然入らないだろう、と呆《あき》れていた俺の上で、北原が不満げな顔になる。

「いい加減、コッチに集中しない？」

そう言ったかと思うと、彼の掌が俺の胸の上を滑《すべ》り、乳首を擦《こす》り上げる。

「……っ」

びく、と身体が震えたのがわかると、北原はニッと笑い、俺の胸に顔を埋《うず》めてきた。片方を唇と舌で、もう片方を指で摘《つま》まれ弄《いじ》られる。

「ん……っ……あ……っ……」

ざらりとした舌で乳首を転がされ、右の乳首を抓《つね》り上げられる。強い刺激にまた俺の身体はびくっと震え、唇からは堪《こら》えきれない声が漏れ始めた。

乳首を弄られると感じてしまう、そんな自分が恥ずかしいという自覚が、殊更《ことさら》に自分を昂《たか》めていくのがわかる。

なんだか変態チックだなと自己嫌悪《じこけんお》に陥りそうになる、そんな俺の思考も、北原の愛撫《あいぶ》が次第に薄れさせていった。

胸を散々舐《ねぶ》ったあとに、彼の舌が腹へと下り、既《すで》に勃《た》ちかけていた雄へと辿《たど》り着く。なんの躊躇いもなくそれを咥《くわ》える彼を見下ろした俺の頭に、ふと、辰已の顔が浮かんだ。

彼に強いられたフェラチオは酷く辛《つら》かった。それを思い出した俺は北原に声をかけていた。

「……いや……じゃないのか？」

「え？」

今まで喘《あえ》いでいた俺のいきなりの発言に、北原は驚いたらしく俺を口から離して顔を上げる。

「いやって何が？」

「その……咥えるのが……」

フェラチオ、という単語を口にするのがなんとなく躊躇われそう告げると、北原は不思議そうに、

「なんで？」

と問い返してきて、俺から言葉を奪った。

「なんでってその……いやじゃないのかなと思って」

「急にどうしたの？」

「あ、いや……なんとなく」

確かに、今までさんざんしてもらっておいて今頃なんだ、という質問ではある。しかしその理由を『辰已にフェラチオを強要されたが嫌だったから』と答えると、いらぬ誤解を生む気が

して、俺は言葉を濁《にご》した。

「嫌なら最初からやらないよ」

北原は一瞬、あれ、という顔になったが、すぐにそう言って笑うと、再び俺の下肢《かし》に顔を埋めようとする。

「あの……」

あとから俺は、なんでそんなことを言いだしたのかと首を傾げることになるのだが、気持ちが盛り上がっていたせいで、思わぬ言葉を口にしていた。

「俺もやるよ」

「ええっ？」

再び雄を咥えようとしていた北原が、心底驚いた顔を向けてくる。

「いや……その……やってみたいかなと思って……」

ちらと見下ろした彼の雄は既に勃起《ぼっき》していた。若いって素晴らしい、と思えるような猛々《たけだけ》しさを見た俺の喉《のど》がごくりと鳴る。

「……いいけど……どうしたの？」

訝った声を上げながら、北原が身体を起こす。

「いや、なんかしたくなって……」

辰己のものは咥えられなかったが、北原のならできる気がする。そう思ったがゆえに『やってみたい』と言ったはずだったのに、よく見えるようになった彼の見事な雄を前にすると、語尾が消えていった。

「……そりゃ嬉《うれ》しいけど……」

大丈夫？　と北原が俺の目を覗き込んでくる。

「……多分……」

気持ちが萎《な》えかけた俺だったが、『嬉しい』という言葉を聞き、またやる気が戻ってきた。絶対、とはいえないが、多分できる気がすると頷くと、

「大丈夫かなあ……」

と呟きながらも北原は俺の上で身体の向きを変えた。

「無理しないでいいからね」

そう告げ、北原が俺の顔の上に跨《また》がってくる。彼が以前『やりたい』と言っていたシックスナインという体位だなと察し、首を持ち上げて目の前に下がる雄へと顔を近づけた。

「わ」

竿《さお》を両手で摑み、太いその先端を咥えてみる。下肢のほうから北原の上擦《うわず》った声がしたと同時に、口の中で彼の雄がどくん、と大きく震えたのがわかった。

青臭《あおくさ》い匂《にお》いは、ちょっと辛くはあったが、咥えること自体、あまりに簡単にできた自分に俺は驚いていた。いつもどうやってもらっていたっけ、と思い出しつつ、舌を動かしてみる。

「……いい……っ……いいよ、史郎……っ」

興奮《こうふん》した北原の声が、俺の欲情をも高めていた。彼をもっと感じさせたいと、竿を扱《しご》き上げながら、先端のくびれた部分に舌を這《は》わせていく。

「俺もやるから……っ」

北原がそう言ったと同時に、彼の熱い口内を雄に感じた。絡《から》みつく舌の感触に、自分の雄もあっという間に硬くなっていくのがわかる。

「ん……っ」

相変わらず北原の口淫《こういん》は巧《たく》みで、俺は一気に快楽の階段を駆け上らされることとなった。裏筋を這い上った舌が先端へと辿り着き、先走りの液が零《こぼ》れる先端をぐりぐりと刺激する。喘《あえ》ぎたいが北原の雄を頬張《ほおば》っているためにそれもできない。口の中で彼の雄はますます体積を増し、喘ぐどころか呼吸さえ困難になってきた。

ぷは、と口から出し、大きく息を吸う。と、北原が肩越しに俺を振り返り苦笑してみせた。

「無理、しなくていいから。あと、噛《か》まないでよ?」

くす、と笑った彼は再び俺を咥えると、両手で双丘を掴んで広げ、既にひくつき始めていた後孔に指を挿入《そうにゅう》させてきた。

「あっ……」

無理しなくていいという言葉に逆にやる気を煽《あお》られ、再び北原の雄を咥えようとしていたが、フェラチオをされながら後ろを激しくかき回され、それどころではなくなってしまった。

「あっ……あぁ……っ……あっ……あっ……」

前後に与えられる絶え間ない刺激に、あっという間に快感の波にさらわれた俺の口からは、やかましいくらいの喘ぎが漏れ、北原の下でその快感の発露を求める俺の身体は、激しく蠢《うごめ》いていた。

身悶《みもだ》え、喘ぐ俺の全身からは汗《あせ》が噴《ふ》き出《だ》し、体温が一気に二、三度上がったような錯覚《さっかく》に陥った。吐く息も酷く熱く、体内を流れる血液も沸騰《ふっとう》でもしているんじゃないかと思えてくる。思考力がまるでなくなっているのは、脳まで滾《たぎ》っているからじゃないかと、高く喘ぎながら俺は、全身を覆う熱を発散させようと更に大きな声を上げた。

「もう……っ……あぁ……っ……もう……っ……もう……っ」

時折《ときおり》頬にぴたぴたと当たっていた北原の逞《たくま》しい雄を掴み、これが欲しい、と行動で訴えかける。俺の意思は正しく北原には伝わったようで、一瞬肩越しに俺を振り返った彼は、わかった、というように頷くと、起き上がり身体の向きを変えた。

「久々だからかな。史郎、興奮してるね」

そそられる、とクスクス笑いながら北原が俺の両脚を抱え上げる。

「……っ」

揶揄《やゆ》されたことがわかり、一瞬素《す》に戻りかけたが、

「いくよ」

という言葉と共に北原の雄がずぶりと挿入されてきたのに、結びかけた思考の糸はあっという間に途切《とぎ》れ、理性は雲の彼方《かなた》へと飛び去っていった。

一気に奥まで貫《つらぬ》かれたあとには、激しい突き上げが待っていた。二人の下肢がぶつかり合うときに、パンパンと高い音が響くほど力強く突き上げてくる律動に、俺はまたも、やかましいくらいの喘ぎ声を響かせてしまっていた。

「あぁ……っ……いく……っ……いく……っ……あーっ」

内臓が抉《えぐ》られるくらいに奥深いところを、速いリズムで延々と突かれ続ける。太く逞しい北原の雄が抜き差しされるたび、内壁との間に摩擦熱《まさつねつ》が生まれ、その熱が更に俺の全身を焼いていった。

いつしか閉じていた瞼《まぶた》の裏では、極彩色の花火が何発も上がり、次第に意識が薄れてくる。いきたい、いきたい、と自分が繰り返す声を遠くに聞いていた俺は、ぎりぎりまで張り詰めていた雄を握られ、はっとし目を開いた。

「いこう、一緒に」

まず最初に視界に飛び込んできたのは、北原の紅潮した顔だった。煌《きら》めく瞳といい、薔薇色《ばらいろ》の頬といい、本当に綺麗だ、と見惚《みと》れていた俺に彼はにっこりと微笑むと、摑んだ俺の雄を一気に扱き上げてくれた。

まった。
直接的な刺激には耐《た》えられず、俺はすぐに達すると白濁《はくだく》した液を二人の腹の間に飛ばしてし
「アーッ」
北原もほぼ同時に達したらしく、俺の上で低く声を漏らし伸び上がるような姿勢となる。ず
「……くっ……」
しりとした精液の重さを中に感じたと同時に、はあはあと乱れる息のせいで上下していた俺の
胸の中に、充実感としかいいようのない思いが広がっていった。
「………史郎………」
自然と微笑んでしまっていた俺の顔を見下ろし、北原がゆっくりと唇を寄せてくる。
「ん……」
汗で貼り付く前髪をかきあげてくれるその指の優しさに、俺の呼吸を妨《さまた》げないようにという
配慮《はいりょ》を見せる細かいキスに、ますます充足感が膨《ふく》らんできて、俺は堪らず両手で北原の背をぐ
っと抱き寄せてしまっていた。
「すぐ、できるの?」
キスを中断した北原が、少し驚いたように問いかけてくる。あまり意味を考えず頷いてしま
った俺は、
「やったね」

と北原が顔を輝かせ、がばっと身体を起こした瞬間、彼の問いの意味を察した。

「あ、いや……」

まだちょっと無理、と言うより前に北原が俺の両脚を抱え直す。

「じゃ、いくよ」

「ちょ、ちょっと……っ」

若い彼の雄は達した直後だというのに、既に硬さを取り戻していた。なんたる回復力、と呆れている場合ではなく、まだ息も整わないうちに二ラウンド目に持ち込まれた俺は、またも散々喘がされた挙《あ》げ句《く》、最後は真っ白に燃え尽き——早い話が、あまりによすぎて失神してしまったのだった。


「史郎、大丈夫?」

ぺしぺしと頬を叩《たた》かれ、うっすらと目を開く。

「水、飲む?」

額に冷たいタオルを置いてくれていた北原が、心配そうに俺に問いかけてきた。

「……飲む」

どのくらい気を失っていたのか、と周囲を見回しながら身体を起こそうとする。途端《とたん》に目眩《めまい》に襲われ、またもベッドに逆戻りした俺の耳に、

「ちょっと、大丈夫？」

という慌《あわ》てた北原の声が響いた。

「まあ俺としては幸せなんだけど」

ゆっくりと背中を支え、起こしてくれながら、北原が悪戯《いたずら》っぽく笑ってみせる。

「何が？」

「セックスがよすぎて失神するって、男冥利に尽きるじゃない？」

「………」

確か似たような会話をちょっと前にもした気がする、と思ったのは俺だけではなかったようで、

「あれ、なんかデジャビュだね」

と北原は笑い、俺にキャップを外してあるペットボトルを手渡してくれた。

「そうだ、史郎、夕飯、どうする？　何か食べたいものある？」

ごくごくと水を飲んでいる俺に北原が尋ねてくる。

「実家から帰ってきたばかりで疲れてるだろ？　何か食べに行こう」

床に転がる旅行鞄《かばん》を見ながらそう答えると、北原は酷く嬉しそうな顔になった。

「史郎と外食か！　嬉しいな」

「そうか？」

　今までしたことなかったか、と記憶を辿っていた俺は、続く北原の問いかけに、そういや大切なことを忘れていたと思い出させられることとなった。

「それにしても今日、家に帰ってくるの、早かったよね。どうしたの？」

「あ」

　今の今まで忘れていた自分は、本当にどうかしている。大切なことを伝えねば、と俺は勢い込んで北原に話しかけた。

「誠人君！　話があるんだがっ」

「うわ、びっくりした。何？」

　それまでぐったりしていた俺が、いきなり大声を出したからだろう、北原が驚いた顔になり、俺をまじまじと見つめてくる。

「実は……会社を辞めることになった」

「えーっ？　どうしたのっ⁇」

　衝撃の告白に相応《ふさわ》しいリアクションを見せた北原だが、すぐに、はっとした顔になると、あまりに鋭《するど》いことを言い出した。

「わかった！　例の辰己って設計士が嫌がらせしてきたんだろ？」

「いや、そうじゃなくて……」

嫌がらせはまだ受けていない。が、俺のせいで南田や西崎に迷惑をかけるわけにはいかないのだ、と、俺は簡単に退職することになった経緯《けいい》を北原に説明した。

「……やっぱり辰己って野郎、締めてやる！」

話を聞き終えると北原はそう言い、今にも家を飛び出しそうな様子となる。

「やめてくれ。誠人君はこれから就職活動を控《ひか》えた身なんだし」

警察沙汰《けいさつざた》にでもなったら大変だ、と俺は慌てて北原に縋り付くと、

「でも」

不満そうに口を尖《とが》らせた彼に、自分はもう納得しているのだということをわかってもらおうとした。

「辰己は確かに常識外《はず》れの申し出をしてきたけれど、それを捌《さば》ききれなかったのは誰でもない、俺だ。責任はやっぱり俺が取るべきだ——そう思ったんだよ」

「……史郎って……かっこいいな」

北原は俺をじっと見つめていたが、やがてぽつり、とそんなことを呟き、俺を赤面させた。

「かっこよくはないよ。無職になるんだから」

「ううん、かっこいい。大人の男って感じがする」

「……いや、前から大人の男だし……」

一体どういう認識だったんだ、とがっかりしていた俺を、北原がやにわに抱き締めてきた。

「おい？」

ぎゅっときつく抱き締められ、どうした、と尋ねた俺の背から腕を解《ほど》くと、北原がニッと笑いかけてくる。

「安心して。俺、超一流企業に就職決めて、史郎を養うから！」

「……いや、俺もちゃんと就活するし……」

三十五歳は北原から見たらおっさんかもしれないが、世間的には充分若い。人生これからだというのに隠居《いんきょ》はできない、と北原の肩を押しやり身体を離す。

「えー、主夫《しゅふ》になればいいのに」

不満そうに口を尖らせる北原に、

「いや、これからは家のこともちゃんとやるけどさ」

と告げたのは、もしや家事全般をやってもらっていることに彼が密《ひそ》かな不満を抱いているのかなと感じたためだった。

「別に俺がやってもいいんだけど、ほら、超一流企業って忙《いそが》しそうじゃん？」

まだ試験も受けていないというのに、すっかり一流企業に勤める気になっている北原が、どうすっかな、と真剣に悩み始める。

「……まず、ＯＢ訪問でもしてみたら？」

「いっそのこと、在宅の仕事にしようかな？　デザイナーとか、作家とかさ」

俺の実のあるアドバイスに耳を傾けようともせず、更に難関を目指そうとする北原に厳しい現実を見つめさせるべく、俺はその日一日、彼に就職活動が今、いかに大変であるかとか、企業に勤めるとはどういうことかなどの社会人の心得《こころえ》をレクチャーすることになってしまったのだった。


翌朝俺は辞表を携《たずさ》え、始業の十分ほど前に出社した。

まずは部長に退職の挨拶《あいさつ》をし、辰己の会社に謝罪に向かったあと、人事で諸手続を聞く。その後机周りを片付け、会社を出る。

世話になった社内の人に挨拶をしようかとも思ったが、されても迷惑かとそれはやめることにした。それゆえ、菓子なども用意していない。

午前中ですべて、カタがつくだろうと、そんなことを考えながら自分の席へと向かう。俺を見て周囲がざわついたのがわかった。

そりゃ、ざわつくよな、と肩を竦《すく》め、部長が席にいるかを見やった俺は、ちょうど俺を見ていた部長とばっちり目が合ってしまった。

「田中君!!」

やにわに部長が立ち上がり、俺へと駆け寄ってくる。

「も、申し訳ありません。退職のご挨拶に……っ」

あまりの勢いに、このまま殴られでもするのかとすっかりびびった俺は、内ポケットに入れておいた辞表を慌てて取り出そうとしたのだが、部長はズンズンと俺に近づいてきたかと思うと、がしっと腕を摑み、そのまま引きずるようにして歩き始めた。

「ぶ、部長？」

「いいから来てくれ！」

その剣幕《けんまく》に押され、彼に続いて部屋に入る。と、部長は振り返ったかと思うと、物凄く悲愴《ひそう》な顔になり、俺に縋り付いてきた。

「頼む！　田中君！　辞めないでくれっ!!」

「はい～??」

てっきり最後の雷《かみなり》を落とされるのかと覚悟していただけに、この予測のできない部長の行動にすっかり気を呑まれてしまっていた俺に、部長は泣きださんばかりの勢いで訴えかけてきた。

「昨日の午後、辰己さんが来たんだよ！」

「辰己智《たつみさとし》が？　ここに？」

なぜ、と問おうとして、まあ答えはこれか、とすぐに思いつく。

「クレームですね」

「ああ、そうだ」

「……やはり……」

辰己は俺に直接謝罪しろとでもねじ込んできたのだろう。だが俺がもう会社を辞めたと聞いて激高《げっこう》し、部長にあたり散らした――という俺の想像は、綺麗に外れた。

「申し訳ありません。すぐ、お詫びに伺います。部長にもご迷惑をおかけし……」

改めて詫びた俺の言葉を、部長の絶叫が遮る。

「違うんだ！　辰己さんは私にクレームを言いに来たんだよっ」

「はあ？」

意味がわからない、と、またも素《す》っ頓狂《とんきょう》な声を上げてしまった俺に、部長が事情を説明し始めた。

「昨日の午後、辰己さんから連絡があったんだ。君、辰己さんの社に行っただろう？」

「はい、休暇を取っておられるとのことで会えませんでしたが……」

「君から連絡があったら、すぐ知らせるようにと秘書が言われていたそうでね、知らせを受けて辰己さんは君に連絡をしようとしたが、携帯がつながらず、それで会社に電話を入れてきたんだ」

部長はそこまで喋《しゃべ》ると、そのときの状況を思い出したのか、はあ、と深く溜め息をつき、すぐに口を開いた。

「私が応対に出て、君の非礼を詫《わ》びたあと、責任をとって君は退職したと伝えた。それから三十分もしないうちに、辰己さんが血相《けっそう》を変えてやってきたんだよ」

「…………はあ…………」

やはり辰己の怒りの源《みなもと》は俺にあるってことじゃないのか、と首を傾げた俺は、次の瞬間、まさか、と唖然とすることになった。

「『なぜ田中さんを辞めさせた！』と怒鳴り込んできたんだ。君の退職を引き留めなかったことを散々《さんざん》責め立てた挙げ句、凄いことを言いだして……」

「な、何をです？」

問うた俺に部長が、なんともいえない顔で答えを返す。

「……君は彼の美神《ミューズ》なんだそうだ」

「ミューズ……薬用石けんですか」

それしか浮かばない。そう返した俺に、

「違う！」

と部長は不機嫌に言い捨てると、

「美の神と書いて『ミューズ』だそうだ」

と、どこか納得できない顔で正解を教えてくれた。

「……美の……神？？？」

俺が？　思わず自身を指さす。

「……どうもそうらしい」

部長もまた首を捻《ひね》りながら頷くと、

「ともあれ」

と話を再開した。

「君がいないと設計ができない。なんとしてでも君を退職させないでほしい。担当につけてくれなどという贅沢《ぜいたく》は言わない、ときどき、顔を見せてくれるだけでいいんだ——そう訴えかけられては、こちらとしても了解するしかなくてね……」

第一、相手は辰己智だろう、と部長が困り果てた顔で俺を見る。

「……しかも辰己さんは、君を辞めさせないことを条件に、F駅再開発の空調機器を全量、当社に発注させるとその場で誓約書《せいやくしょ》を書いたんだ。君、一体これはどういうことなんだ？」

部長は心の底から不思議に感じているらしく、まじまじと俺の顔を覗き込んでくる。

「……さ、さあ……」

俺だって不思議だ、と首を傾げるしかなかったが、どうやら辰己のおかげで俺のクビは繋《つな》がったようだった。

「すぐに辰己さんのところに挨拶に行こう。君を彼の担当にするから、今後もう、失礼のないように。いいね？」

部長はそう言ったかと思うと、俺の腕を取り部屋の外に出ようとした。

「は、はい」

『失礼』をしない自信ははっきり言ってなかった。またこの間のような場面に遭遇《そうぐう》したら、やはり逃げ出してしまうだろう。心許ない返事をした俺に部長が、

「まあ」

と笑いかけてくる。

「君が失礼を働いたところで、Ｆ駅再開発に関しては、もう誓約書を取っているからね。何をしようが大丈夫だ」

「…………はあ…………」

もう、『はあ』以外の相槌は思いつかない、と力なく頷いた俺の腕を摑み、

「行くぞ」

部長が元気いっぱい、部屋を出る。

「あ！　課長！」

俺の姿を認め、そう声をかけてきたのは、先ほどは席にいなかった南田だった。

「辞めないんですよね！　ああ、本当によかった‼」

泣きださんばかりに俺に駆け寄ってきた彼の後ろから、

「課長！」

「よかったです！」

と他の社員たちも駆けてきて、すぐに俺は彼らに取り囲まれてしまった。

「辰己智の心をあそこまでがっちり摑むなんて、凄いですよ。一体どういう営業トークをかましたんですか」

「馬鹿だな、ハートだよ、ハート。課長の熱いハートが伝わったんだよ」

「課長、凄いです！　本気で尊敬しちゃいます！」

皆が皆、目を輝かせて俺を見る。

「……いや……その……」

営業トークも熱いハートも関係ないだけに、皆に賞賛《しょうさん》を浴びているこの状況は居心地が悪いことこの上ないのだが、ともあれ、期せずして俺は、辞表を出すこともない上に、上司からも部下からも温かく迎え入れられるという幸運をこうして手に入れることになったのだった。

9

「ほんとによかったよねえ」

その日の夜、俺は北原と共に、東のバーにいた。

退職届を出しに行くといったきり、なかなか戻って来ない俺を心配し、夕方北原が携帯に連絡を入れてきた。それまで辰巳の事務所訪問やら本部長への報告やらで、少しも時間が取れなかったことを詫び、事情を説明すると、北原は、

『クビが繋がったお祝いをしよう！』

と言いだし、それで東のバーに連れていかれたのだった。

「それにしても本当によかったです」

バーには他に、南田と西崎も呼び出されていた。当然、バーテンの東もいる。

しみじみとそう言い、熱く俺を見つめる南田の横では西崎もまた、

「すべて丸くおさまって、ほっとしたよ」

そうしんみりと告げ、俺をじっと見つめてきた。

「いや、なんというか、その……ご心配をおかけしまして……」

それぞれが会社を辞めるほどに思い詰めていた姿を目の当たりにしていただけに、ここは詫びるべきだろう、と頭を下げる。

「史郎が謝ることなんか、何もないじゃん。二人は勝手に辞表書こうとしてたんだしさ」

横から北原がそんなことを言いだし、所有権を主張するかのように俺と肩を組んでみせる。

「ああ、そうさ。辞表は俺が勝手に書いた」

「何か田中さんの役に立ちたかっただけだ。君はしたくてもできないだろうがね」

南田が、そして西崎が、きっちり北原の挑発《ちょうはつ》に乗り、物凄い目で彼を睨《にら》む。

「第一君は、田中さんが大変な時期に連絡がつかなかったじゃないか」

「……っ……法事だったんだよ。うるさいな」

南田の突っ込みに、北原が一瞬言葉に詰まりつつ返すと、次は西崎がまた、意地の悪い突っ込みをして北原を黙らせようとする。

「しかも君、まだ元カレとゴタゴタしてるそうじゃないか。なのになんだ、その偉《えら》そうな態度は」

「な、何言ってやがる……っ」

なぜ知ってるのか、と驚く北原に、西崎が肩を竦めてみせる。

「妹が夫の素行調査《そこうちょうさ》を探偵事務所《たんていじむしょ》に依頼したんだ。それで君と夫に以前関係があったことを知り、大騒ぎになったんだよ」

「付き合ってたのは昔の話で、もう会ってないよ。この間完璧《かんぺき》にふってやったし」

ぶすっとして言い捨てた北原に、

「どうだか」

西崎が意地悪く肩を竦めてみせる。

「てめえっ」

激高《げっこう》し、立ち上がった彼を見て俺も慌てて立ち上がり、後ろから羽交《はが》い締めにして止めた。

「やめなさい」

「人間、後ろめたいところがあると、怒鳴ったり殴《なぐ》ったりするんだよね」

せっかく止めてやったというのに、西崎は尚も北原に絡もうとする。

「離せよ、史郎！」

殴らないと気がすまない、と憤《いきどお》る北原に、

「それは僕の台詞《せりふ》だ！」

と西崎が怒鳴り返す。

「だいたいなんだ、いつの間に君は田中さんと……っ」

「なんだ、今頃知ったの？　その探偵の調査で？　遅いんじゃない？」

今度は北原が西崎を挑発し、西崎が、

「何をっ！」

と北原に飛びかかる。

「南田、止めてくれ！　誠人君、いい加減にしろっ」

今にも殴り合いそうになる二人を俺は南田の手を借りてようやく引き剝がした。

「店内では喧嘩《けんか》禁止ですよ」

東がぐるりと俺たちを見渡し、厳しい表情でそう告げたあと、にっこりと笑みを浮かべ問いかけてくる。

「ご注文は？　ここは曲がりなりにもバーですから。まずご注文ください」

「……ドライマティーニ」

「……ドライマティーニ」

東に正論を言われ、むすっとしながらも西崎と北原がほぼ同時にオーダーを口にする。が、それが奇《く》しくも重なったことで、また二人の間に険悪《けんあく》な空気が流れた。

「真似するな」

「真似しないでよね」

またも似たようなことをほぼ同時に喋った二人を見て、東がにっこりと微笑む。

「お二人は嗜好《しこう》も思考も似ていらっしゃいますね」

「やめてよ」

「冗談じゃない」

それに対する二人のリアクションもほぼ重なっていて、思わず俺は笑ってしまった。

「少なくとも好きになる相手の好みは重なっているじゃないですか」

東もまたくすり、と笑い、ねえ、と俺に同意を求めてくる。

「……………ええと、俺はジンフィズを」

その『好きな相手』が自分だという自覚があるだけに返事に詰まり、オーダーを入れることにする。

「かしこまりました。南田さんは？」

「僕はビールで」

どこか呆然としていた南田は、東に声をかけられ、はっとした顔になったあと、オーダーを口にし、スツールに腰を下ろした。

「史郎、俺たちも座ろう」

北原が俺の腕を引き、スツールに導く。

「あの」

と、ここで南田が硬い声を上げ、場の注目をさらった。

「課長、お聞きしていいですか」

「な、なんだ？」

やたらと思い詰めた顔をしている南田が何を問いたいのか、いまいちわからなかったものの、緊張しつつ問い返すと、南田は一瞬の逡巡《しゅんじゅん》をみせたあとに、思い切ったようにその問いを俺にぶつけてきた。

「今、西崎さんが言ったことは本当ですか？　課長は今、北原君と付き合っているんですか」

「あ……」

勢い込んで問いかけられ、俺は一瞬言葉に詰まったものの、すぐに気持ちを固め南田を、そして西崎へと視線を向けた。

「付き合ってるよ」

俺の横で北原が胸を張り答えるのを、「ちょっと」と袖《そで》を引いて黙らせる。

「なに？」

不満そうに口を尖らせた彼に俺は、

「俺が言うから」

そう告げたあと、改めて西崎、南田、そして東に対し口を開いた。

「報告が遅くなって申し訳ない。実はここ三ヶ月あまり、誠人君と——北原君と一緒に暮らしている」

「同居ですか……」

いつの間に、と苦々しげに呟く南田に、よせばいいのに北原が、

「同居じゃなくて同棲《どうせい》ね」

と訂正を入れる。

「…………」

じろ、と南田が北原を睨んだが、北原はまるで相手にせず、

「ねえ、史郎」

と俺にしなだれかかってきた。

「どうせこいつが図々しく、上がり込んだんでしょう」

西崎がやはり苦々しげな表情で吐き捨てた言葉に、

「そうじゃないよ、ねえ、史郎？」

北原が噛みつき、俺の顔を覗き込む。

「……確かに、最初は強引に上がり込まれた部分があったが……」

俺は今まで、モテた体験がほとんどない。複数の相手から言い寄られ、一人を選んだことなど皆無《かいむ》だった。

それだけに、選ばなかった相手に対し、どういう態度をとっていいのかと迷っていたのだが、やはりここは誠意をもって相対するのがいいに違いないという結論に達した。

実際、これまでの人生で好きだと告白してきた相手をふったことはないが、ふられたことは何度かある。その体験から、最も適切なのは、相手を傷つけないようにという配慮に加え、期待を持たせないように真実を伝えることだということは学んでいた。

それで俺は正直にすべてを告白しようとしたのだが、そこまで聞いて西崎は、

「やっぱりな」

と勝ち誇《ほこ》った顔になり、北原は、

「史郎……」

と悲しげな顔になってしまった。

「最後まで聞いてくれ」

選ばなかった相手を傷つけちゃいけないが、それで選んだ相手を傷つけてしまっては本末転倒《ほんまつてんとう》だ。俺は慌ててそう北原をフォローすると、話の続きを始めた。

「付き合い始めは確かに、流されて、という部分もあった。三ヶ月が経っても、自分の気持ちに自信が持てなかった部分もあった。誠人君のことは嫌いじゃないが、好きといえるかどうかと……」

「……そんな……」

絶望的な顔になった北原が、スツールから滑り落ちる。そのまま店を駆け出しそうな勢いの彼の腕を俺はがっちりと摑むと、

「だから最後まで聞いてくれって」

そう言い、彼の目を見つめながら今の俺の正直な想いを告げていった。

「好きかどうかわからなかったのは、今まで同性を好きになったことがなかったから、それと同性だけじゃなく異性からもこうも熱いアプローチを受けたことがなかったからだった。それ

で自分の気持ちに自信が持てずにいたけれど、今回の件で、迷いがなくなった。俺は誠人君が好きだ。誠人君じゃないと駄目だということがわかったんだ」

「史郎！」

それまでの悲愴な表情はどこへやら、北原がぱっと顔を輝かせ、俺に抱きついてきた。

「待ってくれ、なぜ彼じゃないと駄目なんだ？」

「そうですよ。彼の一体どこがいいんです？」

西崎と南田がスツールを下り、俺に詰め寄ってくる。

「なんだよ、失礼じゃない？」

どこがいいとかさ、とむくれる北原が俺の前に立ち塞がる。

「お前には聞いてない」

それを西崎が押しやろうとしたそのとき、

「そのくらいにしておきましょう」

東のよく通る声が響き、皆、つい彼に注目してしまった。

「なんだ、随分《ずいぶん》余裕じゃないか」

西崎が八つ当たり、とばかりに今度は東に絡み始める。が、東はまったく相手にせず、

「お待たせしました。ドライマティーニ、ビール、そしてジンフィズです」

にっこりと微笑み、次々と注文の品をそれぞれの前に置いていった。

「………もう、飲むしかないな」

それで気が削《そ》がれたのか、西崎が大きく溜め息をつき、スツールに再び腰を下ろす。

「……そうですね」

南田も頷き、自分の席に戻るとビールを一気に飲み干した。西崎もまた、ドライマティーニを一気飲みしている。

「おかわり！」

「おかわり！」

二人ほぼ同時に差し出すグラスを、

「かしこまりました」

相変わらずのポーカーフェイスで東が受け取る。

「マスターもてっきり課長狙《ねら》いかと思っていましたよ」

今度は南田が東に絡む。東は彼をもスルーするんだろうなと思いつつグラスに口をつけた俺は、さも当然のように、

「そうですよ」

と微笑んだ東の言葉を聞いて、思わず酒を吹きそうになった。

「ちょっと！　マスター、マジ⁉」

北原も相当驚いたらしく、目を見開いている。そんな彼に、そして隣に座る俺に東はにっこ

りと微笑みながら耳を疑うようなことを言いだし、場は一気に騒然となった。

「恋愛というものは永遠に続くという保証などありませんからね。気長に待とうと思っています」

「冗談じゃないよ！　俺たちの愛は永遠だって!!」

北原の悲鳴のような声に、

「なるほど！　そのとおり!!」

嬉しげに叫ぶ西崎の声が重なって響く。

「待てば海路《かいろ》の日和《ひより》あり……か……」

しみじみと南田までもが呟き出したのに、北原がまた、

「冗談じゃない！」

と絶叫する。

「確かに永遠の愛なんて、絵空事《えそらごと》だ」

「そうそう、人間だもの、飽きることもあれば、ちょっとしたきっかけで嫌いになることもありますよ」

すっかり意気投合した西崎と南田が頷き合うのを聞き、

「あのねえっ」

またも北原が彼らに食ってかかろうとしたとき、扉が開く音と共に、聞き覚えのある声が響

き、俺の、そして皆の視線は新たな来客へと集まった。

「よかった、空振りにならずにすんだ」

ドアの前から明るく声をかけてきた男の姿を見て、俺と西崎、それに南田が絶叫する。

「辰己智!!」

「え？　こいつがっ？」

途端に顔色を変えた北原がスツールを下り、俺を庇《かば》うようにして前に立ち、その前に西崎と南田が立ちはだかった。

「一体なんの用です？」

南田が厳しい声を上げ、

「どうしてここがわかったんだ」

と西崎もまた、怒声を張り上げる。

「喧嘩腰にならないでくれよ」

そう言ったかと思うと辰己はつかつかとカウンターへと近づいてきて、隅《すみ》の席へと座った。

「……マスター、まさか、常連なの？」

北原が相変わらず俺を庇いながら、東に問いかける。

「いえ、初めてお見かけする顔です」

淡々《たんたん》と答える東に、辰己がやはり淡々とオーダーを告げる。

「ジンフィズ……確か田中さんの好きな酒はこれだよね？」

「…………」

そうしてにっこりと俺に向かい微笑みかけて――こようとしたが、北原を始め、西崎や南田に物凄い形相で睨まれ、辰己は肩を竦めた。

「そう怖い顔をしないでくれよ。僕はツテというツテを辿って僕のミューズに会いにきただけなんだから」

「ミューズ？」

「どうぞ」

北原が眉を顰め問い返し、東がさっとカウンターの下から薬用石けんを取り出す。

「君は面白いね」

あはは、と辰己は声を上げて笑ったが、彼以外誰も笑いを漏らさなかったため、また肩を竦めた。

「なんだか四面楚歌《しめんそか》だな」

「当たり前でしょう。あなたのせいで田中さんは辞表を書くところまで追い詰められたんですよ？」

まず西崎が噛みつき、南田が続く。

「だいたい、大型案件をエサに関係を迫《せま》るなんて、恥ずかしいとは思わないんですか」

「断れない状況に持っていくなんて、卑怯《ひきょう》すぎるだろ！」

北原もまた激高して叫んでいたが、こいつと西崎は酒に薬を混ぜて俺の意識を奪い、ホテルに連れ込むという、それこそ『卑怯な』行動をした過去を忘れているに違いない。

「それに関してはきちんと詫びも入れたし、それにF駅再開発の全量発注も約束したじゃないか」

ねえ、と辰己が俺に笑いかけ、皆がそんな彼を睨む。

「謝ってすむような問題じゃないよな」

「発注すればいいっていう、その姿勢が気に入らない」

「第一、こうして皆で飲んでいるところに割り込んでくるなんて、空気を読めませんよね」

三人して厳しい言葉をかけたというのに、さすがは年の功といおうか、辰己は、

「まあ、そう言わずに。僕も仲間に入れてくれよ」

と、持っていたグラスを皆に向かって掲《かか》げてみせた。

「はあ？」

「ふざけんなよ。なんであんたなんかと」

「冗談じゃない」

三人が、それぞれ拒絶の言葉を告げたのにも、辰己はめげなかった。

「だって君たちは皆、田中さん狙いなんだろう？」

見ればわかるよ、と三人を見渡したあと、辰己はカウンターの中にいた東にも笑いかけた。

「君も、だろう?」

「さあ」

東がにっこり笑い返し、答えをはぐらかす。と、そのとき、

「あのねえ、言っとくけど!」

北原が大きな声を上げたかと思うと、俺にぎゅうっと抱きついてきた。

「史郎は俺のだから! 狙ったって無駄《むだ》だからね!」

みんなにも言っておくけど、と北原は、ついで、とばかりに西崎と南田、それに東をも睨み付けた。

「何を言っているんだか。意思のある人間に『俺のモノ』なんて決めつけはできないよ」

それに対し、辰己はまったく怯《ひる》むことなく、そればかりか酷く挑発的に胸を張ってみせる。

「それに関しては彼に同意だ」

「そう、人の気持ちは変わるものだもんな」

西崎が、南田が尻馬に乗るようにしてそう続け、

「そうですとも」

東もまたにっこり笑って頷く。

「ダメだって!! 史郎は俺のだ!!」

絶叫する北原の声にかぶせ、高らかに宣言する辰己の声が響く。

「皆、平等に権利はあるんだ。ここはフェアにいこうじゃないか」

「ちょっと、どさくさまぎれに参加してこないでくださいよ」

それに西崎のクレームが、

「課長は僕が守ってみせますから！」

南田の力強い叫びが、

「負けませんよ」

静かな、だが熱のこもった東の声が重なって店内に響き渡る。

「…………なんなんだよ、もう……」

これでは当面、今までのような騒がしい日々が続くことになるに違いない。そう予感せざるを得ない状況を前にする俺の口から、思わず溜め息が漏れる。

「だから史郎と俺の愛は永遠に続くのっ!!」

だが北原のそんな必死の叫びを聞くと、憂鬱《ゆううつ》さも半減——どころか霧消《むしょう》する思いがするのも事実で、この先分不相応《ぶんふそうおう》な求愛を受ける騒がしい日常が続いたとしても、乗り切れそうな気がしないでもない。そう思いながら俺はぎゃーぎゃーと喚く彼の横顔を見上げ、こっそりと微笑んだのだった。

「まったく、冗談じゃないよ」

こんな危険な場所には、一刻たりともいられない、と、北原は皆が俺を引き留める手を振り払い、あのあとすぐバー『EAST of EDEN』をあとにした。

「だいたいさ、『付き合ってます』宣言したら、普通諦めるよね？　なんだってみんな、やる気満々になるんだよ」

信じられない、と北原はひとしきり憤ってみせたあと、改めて俺に向かい、なんとも気恥《きは》ずかしくなるような問いかけをしてきて、俺を絶句させた。

「人の気持ちはどうか知らないけど、俺たちの気持ちは絶対変わらないよね？　史郎は俺をずっと愛し続けるよね？」

「………………っ」

ここで言葉を失ったのは、北原があまりにナチュラルに熱烈な告白をしてきたためだった。そのせいで生まれた沈黙《ちんもく》を彼は、俺が答えに迷っているととったようで、途端にきつい眼差《まなざ》しとなり、俺に迫ってきた。

「なに？　もしかして『わからない』とか言う気？　史郎の気持ちは変わるかもしれないってこと？」

「いや、そうじゃなくて」

怒りながらもショックを隠《かく》しきれない様子の北原に、俺は慌ててフォローを入れる。

「単に言うのが恥ずかしいんだよ」

「何を」

眉間に縦皺を刻み、北原が尚も俺を睨む。

「だから……『愛してる』とか『好きだ』とか……」

しかも『ずっと』『永遠に』なんて映画か小説の台詞のような言葉はとても言えない、とぼそぼそと続けると、北原はほっとした顔になったあと、すぐ、

「なんで？」

と不思議そうに問うてきた。

「『なんで』？」

「うん、なんで恥ずかしいの？　だって別に人に聞かせるわけじゃなく、俺に聞かせるだけでしょ？」

「……まあ、そうなんだが……」

これはジェネレーションギャップなんだろうか、何が恥ずかしいのか、北原は本気でわからないようで、更に突っ込んで問いかけてくる。

「『愛してる』相手に言うのも恥ずかしいの？」

「……恥ずかしいというより、なんていうか、気恥ずかしいというか……」

「恥ずかしいと気恥ずかしいってどう違うの？」

「ええとそれは……」

次第に本題からズレてくる。それに気づいたのか北原は、

「まあいいや」

と一旦《いったん》質問を打ち切ったあと、改めて俺をじっと見上げ問いかけてきた。

「で、史郎は俺のこと、愛してるんだよね？」

「あ……うん……」

狛犬《こまいぬ》か、という突っ込みが入らなかったのは、北原が『阿吽《あうん》』を知らなかったためだろう。

自分でも卑怯だなと思いつつ、『愛してる』という言葉ではなく、頷くことで答えた俺に、再度北原が問いかける。

「愛してる？」

「うん」

「ずっと？」

「うん」

「永遠に？」

「……うん」

返事をするだけでも充分恥ずかしくて、次第に声が小さくなってしまったことに、北原は不満を抱いたようだ。

「史郎もちゃんと言ってよ。『愛してる』って」

「……だから……気恥ずかしいんだよ」

不満をぶつけてきた彼にそう言い返すと、北原はなんとしてでも聞きたくなったようで、尚も迫ってきた。

「恥ずかしくないって。言ってよ」

「恥ずかしいよ」

「いいじゃん、言ってよ」

「なんで言わせたがるんだ？」

なんとか切り抜けたくて、逆に質問を返す。と、北原は、

「だって聞いたほうが盛り上がるじゃん」

そう笑ってみせたあと、ぼそりと言葉を足した。

「それに……やっぱり言葉で言ってもらわないとさ、ちょっと不安だし……」

「…………」

いつになく少し頼りなさげに見えるその顔を見た瞬間、鼓動《こどう》が、ドキ、と高鳴り、年甲斐《としがい》もなく頬が熱くなった。

「あ……」

愛してる、と言おうとしたが、やはり言い淀《よど》んでしまう。よく考えてみたら、今まで付き合ってきた——というほど数は多くないが——女性に対しても、一度も『愛してる』と告げたことはなかった。

せいぜいが『好きだ』止まりだったのだから、ハードルが高くなっても仕方ない。それに若い頃ならまだ勢いで言えたかもしれないが、この年になると躊躇してしまう。

さまざまな言い訳が頭の中に渦巻《うずま》いていたが、期待に満ちた目で——そして、どこか不安そうな表情で俺をじっと見つめる北原を前にしては、これはもう、ふっきるしかないか、という気持ちになった。

「あい……してる」

それでやっとの思いでその言葉を口にしたのだが、言ってる最中に猛烈《もうれつ》に恥ずかしくなり、語尾は消えてしまった。

が、それでも北原にとっては充分だったらしい。

「史郎！　俺も愛してるっ！」

そう叫んだかと思うと、やにわに俺をその場で押し倒してきた。

「……っ」

したたかに床に肩を打ち付け、痛い、とクレームを告げようとした唇を、北原が噛みつくような激しいキスで塞いでくる。

痛いほどに舌をからめとられ、きつく吸い上げられたときには、俺もまた北原の舌を吸《す》い返していた。

薄く目を開くと、キスを交わしながら嬉しげに目だけで微笑んでみせた彼と視線が絡まった。貪《むさぼ》るようなキスに、性急に俺から服を剝ぎ取ろうとする彼の手の動きに、早くも身体の芯に灯《とも》っていた欲情の焰《ほむら》が、彼と目が合った瞬間、一気に燃え立ったのがわかった。

「ん……っ……んん……っ」

気づけば俺の手は北原のシャツへと向かい、それをたくし上げようとしていた。北原が驚いたように目を見開き、キスを中断して問いかけてくる。

「なに？　脱がしてくれるの？」

「……あ、いや……」

確認されると、今までしたことのない行為なだけに照れが先に立ち、何も言えなくなった。それに、相手の服を脱がせようとするなんて物欲しげだったか、とも思えて、ますます照れくさくなる。

「ふふふふふ」

黙り込んだ俺を見て、北原もまた照れたように笑ったあと、

「お互いってのもいいけど、時間かかるから、それぞれ脱ごう」

と言ったかと思うと、すぐに服を脱ぎ捨て始めた。

「…………」

焦《あせ》ったその様子につられた——というわけでもないが、俺もまた身体を起こし、急いで服を脱ぎ始めた。

「遅いよ」

だがシャツを脱ぎきるより前に、全裸《ぜんら》になった北原に再び床に押し倒され、唇を塞がれてしまった。

キスを交わしながらも、せわしなく彼の手は動き、俺の身体から次々服を剝ぎ取っていく。既に彼の雄が勃起しているのと同じく、俺の雄も熱を孕《はら》んでいた。スラックスを下着ごと脱がそうとしたときに北原はそれに気づいたようで、嬉しそうに笑うと、一気に俺の両脚からそれらを引き抜き、ぐっと雄を握ってきた。

「……ぁ……っ」

合わせた唇の間から微《かす》かな息が漏れ、彼の手の中で雄が、どくん、と大きく脈打ったあと、急速に硬さを増していくのがわかる。

北原はまた酷く嬉しそうに笑うと、親指と人差し指の腹で先端のくびれた部分を擦り上げながら、唇を俺の胸へと這わせてきた。

「あっ……んん……っ……」

乳首を舐られ、堪《たま》らず声を漏らしてしまいはしたが、俺の望みは更に先の行為にあった。それが意識するより前に行動に表れ、いつしか俺は自分で両脚を開き、その脚を北原の背へと回していた。

「え？」

そのまま、ぐっとその腰を引き寄せようとした俺に北原は相当驚いたらしく、はっとしたように胸から顔を上げ、俺を見下ろしてきた。

目を見開かれたことに、改めて羞恥《しゅうち》の念が込み上げ、慌てて脚を解《ほど》こうとする。北原は俺の臑《すね》をそれぞれ両手でがしっと摑むと、

「凄いよ！」

と興奮した声を上げ、俺の両脚を思いっきり大きく開かせ、そのまま抱え上げた。

「史郎が待ちきれないってねだってくるなんて！　俺、夢見てるのかな？」

夢でもいいや、とはしゃぎながら北原が、自身の雄の先端を俺の後ろへと押し当ててくる。

「もう我慢できない。すぐ、挿《い》れてもいい？」

「え？　あ、うん」

頰を染め、目を輝かせてそう問われては、頷くという選択肢しかなかった。質問の意図《いと》が今一つわからないが、こうも喜んでいるのなら、と承諾《しょうだく》したことを、俺は次の瞬間、後悔《こうかい》することとなった。

めり、と先走りの液が滲《にじ》む北原の雄の先が、入り口をこじ開けるようにして挿入される。少しも慣らしていない状態で挿れられたことは今までなかった。それゆえ俺は、『すぐ、挿れる』ことが自身の身体に、どれほどの苦痛をもたらすかということを、まったくわかっていなかった。

「いったーっ！」

身体を引《ひ》き裂《さ》かれるような痛みと共に、入り口の皮膚《ひふ》がぴりぴりとして痛がゆさが肌に走る。我慢できずに悲鳴を上げると北原は、

「大丈夫？」

心配そうな声を上げたが、途中まで挿れかけた雄を抜くことはなかった。

「抜いても痛いと思うんだよね」

試しに、とばかりに彼は少し腰を引いたが、おっしゃるとおり、抜く際にも内壁と彼のペニスが擦れ、熱い痛みに襲《おそ》われた。

唇を嚙み、その痛みを堪えていた俺を見下ろし、北原はぼそりと、

「困ったな……」

そう呟いたあと、よし、と心を決めたような声を上げ、再び口を開いた。

「いっそ、奥まで挿れちゃおう。大丈夫、すぐよくなるから！」

その『大丈夫』に根拠《こんきょ》はあるのか。了承する前にそれだけでも問おうとした俺の意見など、北原は最初から聞くつもりはなかったようだ。

「じゃ、いくよ」

と一方的に声をかけたかと思うと俺の両脚を抱え直し、一気に腰を進めてきた。

「痛っ」

「ごめん！」

堪らず叫んだ俺に北原も叫び返しながら、激しい突き上げを開始する。

「……っ……っ……」

痛みを堪えるために変に力が入るからか、身体が強張《こわば》り、ますます痛みが増した気がした。

「……史郎……っ」

唇を噛みしめる俺の表情からそれを察してくれたらしい北原が、心配そうに呼びかけながら、抱えていた片脚を離し、二人の腹の間ですっかり萎えてしまっていた俺の雄を握る。

腰の律動はそのままに、繊細《せんさい》な指で雄を扱き上げる。いつもながらの巧みな手淫《しゅいん》に、次第に身体の強張りが解《ほど》けていき、代わりに快楽の兆《きざ》しが見え始めた。

「あっ……」

びくん、と雄が大きく震えるのと同時に、奥底をぐっと抉られる。その瞬間、頭の中で火花が散り、一瞬頭の中が真っ白になった。

もう、痛みはどこからも感じられなかった。内壁はいつものように激しく収縮し、勢いよく抜き差しされる北原の逞しい雄を受け入れ、締め上げていく。

彼の雄は、俺がもっとも感じるポイントを絶え間なく突き上げ、彼の指は俺の雄のもっとも敏感《びんかん》な部分を弄っていた。前に、後ろに感じる刺激に、先ほどまで痛みに呻《うめ》いていた俺は、今や快感の真《ま》っ直中《ただなか》にいることを、高い喘ぎで伝えていた。

「いい……っ……あっ……いい……っ……いい……っ……そこ……っ……を……っ」

過ぎるほどの快楽にとらわれ、意識が朦朧《もうろう》としているせいで、自分が何を叫んでいるのか、まったく自覚はなかった。

「そこ……っ……あぁ……っ……いい……っ……いい……っ……いく……っ」

喘ぎすぎて息苦しくなってきた俺の眉間に縦皺が寄る。それに気づいたのだろう、北原が俺の雄を勢いよく扱き上げてきて、直接的な刺激を受けた俺はその瞬間達し、彼の手の中に白濁した液をこれでもかというほど飛ばしていた。

「……いい……っ……史郎……っ」

射精を受け、後ろが激しく蠢き、北原の雄に絡みつく。それが甘美《かんび》な刺激となったようで、北原がうっとりした声を上げながら達し、俺の中に精を注《そそ》いだ。

「……史郎………」

はあはあと息を乱しながら北原が、同じく息を乱していた俺の名を呼ぶ。次に彼はこう言うんだろうな、と思ったときには、俺の唇が動いていた。

「……愛してる……」

「うっそ」

仰天《ぎょうてん》したらしい北原が、一言そう言ったあとに絶句する。

「…………」

するり、とその単語が自分の口から出たことに、俺もまた驚いていた。言えたよ、と思わず唇へと手をやろうとしたところを、北原にいきなり抱き締められる。

「やっぱこれ、夢？」

「……おいっ」

まだぜいぜい言っているというのに、それこそ息が詰まるほどきつく抱き締められ、苦しい、と背を拳で叩《たた》いた俺の耳元に、感極《かんきわ》まった北原の声が響く。

「ほんっと、俺、幸せ……」

心の底から感動してくれているのがわかる言葉を聞く俺の胸にも、幸福感《こうふくかん》が満ちていて、それを伝えるために俺は北原の背に両腕を回すと、彼と同じくらいの強い力でぎゅっと抱き締め返したのだった。

俺の首は繋がったものの、北原は、誰にも——主に西崎と南田だろうが——文句は言わせない、立派な社会人になるという決意のもと、就職活動に身を入れ始めた。

人好きのする性格ゆえか各社人事部の受けもいいようで、この就職難の時代にいくつか内定を取れそうなところまで漕《こ》ぎ着けている。

西崎は相変わらず毎日メールを打ってくる上に、三日に一度は用もないのに顔見せに会社にやってくる。南田はそんな彼に目を光らせつつ、隙さえあれば自分の想いを俺に熱く訴え続けている。

東は東で、時折『店に来ませんか』と誘ってくるし、それに加えて辰己がほぼ毎日「ミューズの声を聞かせてくれ」と電話をかけてくるわ、会社の前で待ち伏せするわと、さぞ多忙であろうにフットワークの軽さをみせるしと、俺の日常は今までとそう変わっていない。

ただ一つ、変化はあった。

「愛してる」

この言葉をあまり照れずに言えるようになったことだ。

三十五年生きてきて、まさか自分がこんな気恥ずかしい言葉を臆面《おくめん》もなく言えるようになろうとは。その思いもあるが、その言葉を告げる対象である北原の喜ぶ顔を見ると、まあ、いいかと思える俺は今、落ち着かないながらも幸せな日々を送っている。

あとがき

はじめまして&こんにちは。愁堂《しゅうどう》れなです。このたびは十二冊目のラヴァーズ文庫『枯《か》れ木《き》に花《はな》は咲《さ》き誇《ほこ》る』をお手に取ってくださり、本当にどうもありがとうございました。

こちらは『枯《か》れ木《き》に花《はな》が咲《さ》く頃《ころ》に』の続編となります。今回もイケメン軍団にモテモテのオヤジをとても楽しみながら書かせていただきました。田中《たなか》の恋の着地点を、皆様も楽しんでいただけるといいなとお祈りしています。

國沢智《くにさわとも》先生、今回も本当に素晴らしいイラストをありがとうございました。大変ご迷惑をおかけし申し訳ありませんでした。

担当のT井様にも大変ご迷惑をおかけしました。これに懲りずに今後ともよろしくお願い申し上げます。

ラヴァーズ文庫様からは二〇十二年も文庫が出るかと思います。よろしかったらどうぞお手に取ってみてくださいね。

また皆様にお目にかかれますことを切にお祈りしています。

平成二十三年十二月吉日

愁堂れな

（公式サイト『シャインズ』http://www.r-shuhdoh.com/）

✦本作品の内容は全てフィクションです。
実在の人物、団体、事件などにはいっさい関係ありません。

Lovers Label

枯れ木に花は咲き誇る

ラヴァーズ文庫をお買い上げいただきありがとうございます。
この作品を読んでのご意見・ご感想をお聞かせください。
あて先は下記の通りです。

〒102−0072
東京都千代田区飯田橋2-7-3
(株)竹書房　ラヴァーズ文庫編集部
愁堂れな先生係
國沢 智先生係

2012年2月1日
初版第1刷発行

●著　者
愁堂れな
●イラスト
國沢 智

●発行者　牧村康正
●発行所　株式会社　竹書房
〒102−0072
東京都千代田区飯田橋2-7-3
電話　03(3264)1576(代表)
03(3234)6246(編集部)
振替　00170-2-179210
●ホームページ
http://www.takeshobo.co.jp

●印刷所　株式会社テンプリント
●本文デザイン　Creative·Sano·Japan

落丁・乱丁の場合は当社にてお取りかえいたします。
定価はカバーに表示してあります。
Printed in Japan

ISBN 978-4-8124-4815-1　C0193

ラヴァーズ文庫
Lovers Label
35歳、しがない営業課長にモテ期襲来!?
枯《か》れ木《き》に花《はな》が咲《さ》く頃《ころ》に
某電機メーカーに勤める営業課長の田中史郎《たなかしろう》は、
100万円以上貢いだ若い彼女の結婚式にイヤイヤ参加することに。
しかし、そんな最悪の失恋も吹っ飛んでしまうような出逢いが、
ここで史郎を待ち受けていた!!
最悪なはずの結婚式場で、謎の美男子と、取引先のエリートに
気に入られてしまった史郎は、毎日のように来る2人の
アプローチに振り回されるようになる。
それを察している、精悍で体育会系の部下や、優しくて穏やかな
バーテンダーも何故か加わり、4人の男達に口説かれ、襲われ、慰められ…。
平凡な中年男に恋の嵐が突如襲来!?
著 愁堂《しゅうどう》れな
画 國沢《くにさわ》智《とも》
好評発売中!!